© Éditions Thierry Magnier, 2018
ISBN 979-10-352-0185-2

Éditrice : Charline Vanderpoorte
Assistante d'édition : Juliette Gaillard
Illustration de couverture : Tom Haugomat
Réalisation du plan page 9 : Éric Villeneuve
Direction artistique couverture : Florie Briand
Maquette intérieure : Amandine Chambosse

Loi n°49-956 du 16 juillet 1949 sur les publications destinées à la jeunesse

NATHALIE BERNARD
SAUVAGES

roman

Nathalie Bernard est publiée depuis une vingtaine d'années chez différents éditeurs. Fascinée par les contes et les récits d'initiation, elle a d'abord écrit pour les grands des histoires de vampires, de sorcières, de sirènes et autres créatures fantastiques. Depuis quelques années, elle se consacre plus particulièrement à l'écriture pour la jeunesse. Chanteuse à ses heures perdues, il lui arrive de donner une forme "spectaculaire" à ses romans. Elle espère apporter à ceux qui la lisent un peu du rêve et du réconfort qu'elle a elle-même reçus en parcourant certains livres…

Aux éditions Thierry Magnier :
Sept jours pour survivre, Grands romans, 2017.

AVANT-PROPOS

J'ai imaginé que cette histoire se déroulait quelque part au Québec, dans les années 1950. Elle m'a été inspirée par certains témoignages sur les pensionnats autochtones qui ont existé entre 1827 et 1996 dans tout le Canada, dans le but d'assimiler la race et la culture amérindiennes.

Le mardi 15 décembre 2015, le Premier ministre canadien Justin Trudeau a demandé solennellement pardon aux Autochtones du pays au nom de l'État fédéral.

J'ai lu, regardé et écouté un grand nombre de témoignages des survivants de ces pensionnats. Ils m'ont profondément émue et je m'en suis largement inspirée pour écrire cette histoire.

Au demeurant, et même si pour moi ils sont bien vivants, je tiens à préciser que ce roman ne met en scène que des personnages et des lieux fictifs.

Nathalie Bernard

Ma main n'a pas la même couleur que la tienne, mais si je la perce, j'aurai mal. Le sang qui en coulera sera de la même couleur que le tien. Nous sommes tous deux enfants du Grand Esprit.

Standing Bear

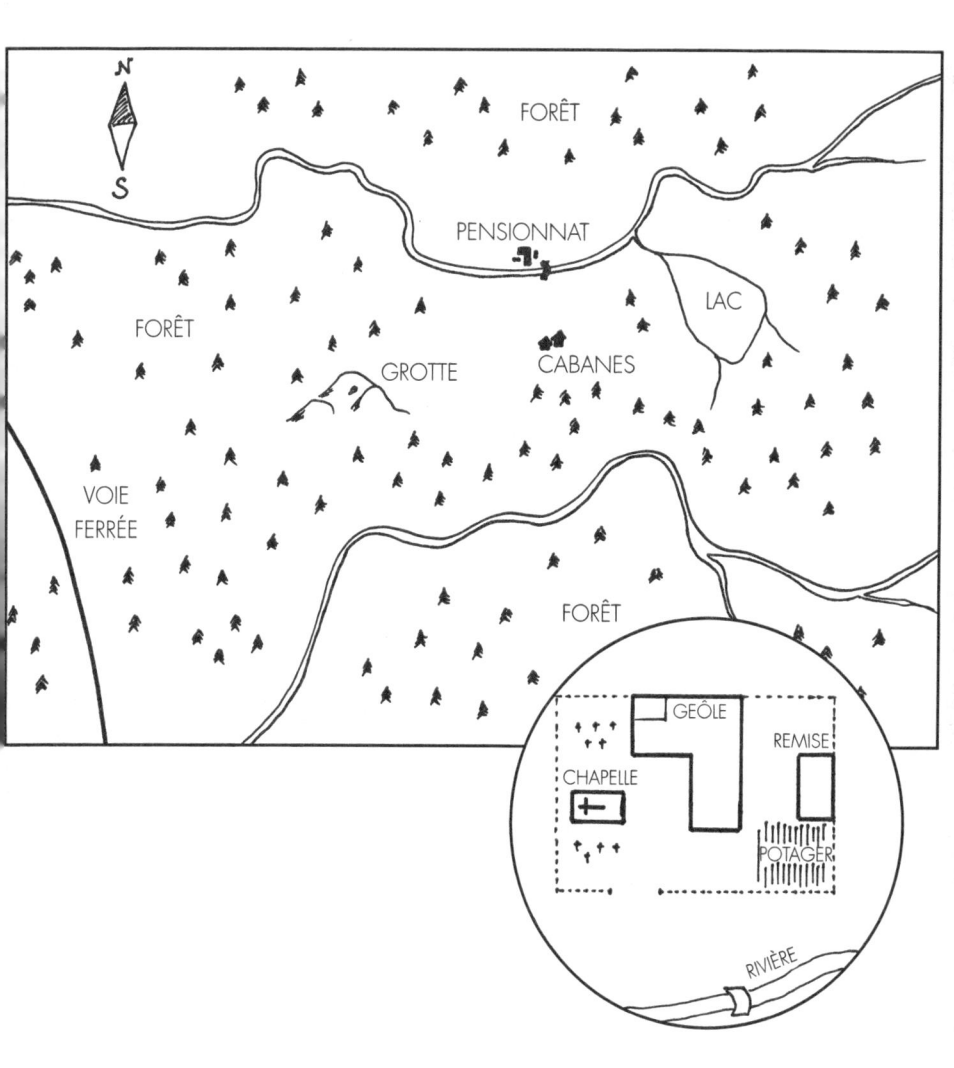

DEDANS

J – 60 (6 H 00)

Au pensionnat du Bois Vert, l'hiver s'étalait du mois d'octobre au mois de mai avec une température moyenne de moins vingt degrés, autant dire qu'un mur de glace s'élevait entre nous et le reste du monde. Nous étions fin mars. Il faisait toujours froid, mais l'hiver tirait à sa fin et mon temps obligatoire aussi. Je venais d'avoir seize ans, ce qui voulait dire qu'il ne me restait plus que deux mois à tenir avant de retrouver ma liberté.

Deux mois.
Soixante jours.
Mille quatre cent quarante heures.

Oui, ils m'avaient parfaitement bien appris à compter ici... Mais en attendant que ces jours se soient écoulés, je ne devais pas me relâcher. Il fallait que je continue à être exactement ce qu'ils me demandaient d'être. Je ne parlais pas algonquin, mais français. Je n'étais plus un Indien, mais je n'étais pas encore un Blanc. Je n'étais plus Jonas, mais un *numéro*.

Un simple numéro.

Obéissant, productif et discipliné.

Il faisait encore nuit, mais mon horloge interne me réveillait toujours un peu avant que sœur Clotilde n'allume le plafonnier de notre chambre en hurlant : « Debout ! » J'aimais bien ce temps paisible avant le lever. J'avais l'illusion d'une petite parenthèse qui m'appartenait.

– Qui c'est qui mâche ? demanda une voix dans le noir.

– Je parie que c'est encore le numéro quarante-deux qu'a piqué des biscuits aux sœurs ! fit une autre voix plus enfantine.

– Alors ? Qui c'est, merde ? insista la première voix.

– Il va pas te répondre... et il t'en donnera pas non plus...

Le débat fut clos par l'apparition éclair de la sœur.

– Debout ! hurla-t-elle en déversant un flot de lumière sur nous.

Papillonnant des yeux, nos regards se tournèrent en direction du lit du numéro quarante-deux. Ce dernier s'essuyait la bouche avec un air satisfait.

– Quoi ? Vous voulez ma photo ? demanda-t-il à la ronde.

Personne ne lui répondit. Mais les messes basses continuèrent.

Je jetai un coup d'œil à ma montre. Six heures huit. Je m'accordai une minute pour observer ma chambrée. Le mur, d'un blanc sale, percé de deux fenêtres striées de barreaux de métal. Le plancher grossier qui accueillait une vingtaine de lits identiques et recouverts de vilaines couvertures marron foncé. Le plafond, de plus en plus lézardé, comme si nos rêves de fuite finissaient par le ronger. Après six années passées au pensionnat, j'étais obligé de constater que ce décor me glaçait toujours autant. Pour la centième fois au moins, je me promis que je vivrais tout l'été à la belle étoile...

Six heures neuf. Dehors, la tempête ne s'était pas calmée de la nuit et elle faisait encore frémir les fenêtres. Je remontai la couverture sous mon menton mais, que je le veuille ou non, l'heure avançait. À partir du moment où sœur Clotilde allumait la lumière, il nous restait dix minutes pour nous habiller et nous rendre au réfectoire.

– Tu crois qu'ils ont pu rejoindre leurs ancêtres ? demanda le numéro cinquante-quatre au numéro cinquante-trois, deux gamins issus d'une même réserve perdue du Grand Nord.

Récemment, une épidémie de grippe avait emporté une dizaine d'élèves ainsi que notre bon père Tremblay. L'épaisseur de glace au sol était telle que nous avions été obligés de creuser des sarcophages temporaires, en attendant le dégel. Cette image ne nous lâchait pas.

15

– Je crois pas… d'après moi, leur âme doit encore être bloquée sous la glace, fit son copain en se rallongeant sur son lit et en mimant un mort qui fixait le ciel.
– Arrête, c'est pas drôle ! Faut pas se moquer des morts !
– Je me moque pas, je m'imagine juste à leur place, répondit calmement l'autre en se relevant sur ses coudes.

Les garçons de mon dortoir avaient entre huit et seize ans. Aucun d'eux n'était mon ami. Je ne connaissais même pas leurs prénoms. Hormis celui du voleur de biscuits, Gabriel, un Inuit de mon âge qui travaillait depuis quelque temps sur le même chantier que moi. J'avais vite compris que, pour éviter les problèmes, il valait mieux se tenir à l'écart des autres. D'autant plus que ceux qui cherchaient un protecteur tentaient en général de se rapprocher de moi. D'abord, parce que j'étais le plus vieux mais surtout, parce qu'en travaillant dans les bois, j'avais depuis longtemps acquis une carrure d'homme…

Plus que cinq minutes ! Je m'assis sur mon lit, m'étirai rapidement et m'extirpai à contrecœur de ma couverture. J'entourai méticuleusement mes pieds dans des morceaux de laine que j'avais récupérés çà et là et les glissai dans mes bottes. J'enfilai trois pulls troués par-dessus mon tricot de peau et pris le reste de mes affaires sous mon bras pour me rendre au réfectoire où, comme chaque matin, un porridge cuit à l'eau nous attendait.

Le régime d'hiver.

Tous les ans c'était la même chose ! On avait droit à du lait les premiers mois et puis les réapprovisionnements se faisaient de plus en plus rares et on manquait à peu près de tout... Je sortis du dortoir en laissant la porte grande ouverte et le reste de la chambrée me suivit dans le couloir. Plus loin, les filles étaient déjà en rang. Je cherchai Lucie du regard et la repérai bientôt en grande conversation avec une de ses copines de chambre. Lorsqu'elle m'aperçut, elle me fit un signe amical de la main auquel je répondis par un sourire discret. Cette jolie Inuit d'une dizaine d'années était arrivée au pensionnat deux ans auparavant. Je l'avais remarquée parce que, quoi qu'il se passe, elle semblait toujours heureuse. Son visage irradiait une joie de vivre qui semblait aussi bien résister au climat qu'aux mauvais traitements. Rien que par sa présence, elle pansait un peu les plaies de mon âme...

Je me remis en marche. Derrière moi, j'entendais les plus petits bâiller à s'en décrocher la mâchoire. Les moyens et les grands assuraient leurs arrières en silence car ils savaient qu'à tout moment, un coup pouvait fuser de nulle part.

En prenant l'escalier pour descendre au rez-de-chaussée, je ne pus m'empêcher de lever les yeux, pour la trois millième fois peut-être, en direction du grand tableau qui décorait le haut mur porteur. Mains écartées et paumes ouvertes, le Christ semblait planer dans le ciel et deux chemins partaient de ses pieds : l'un, la voie du bien, menait à un carré nommé *Paradis*. L'autre, la voie du mal, conduisait tout droit en *Enfer*.

Cette image me fascinait, non pas parce que je croyais en leur dieu, mais parce qu'elle résumait à elle seule toute la philosophie de ce lieu que j'exécrais.

Au « pensionnat pour sauvages », comme ils l'appellent, soit on se plie aux règles et on peut espérer survivre, soit on ne s'y plie pas. Si on choisit cette dernière option, au mieux on vit en enfer, au pire on meurt...

J – 60 (6 H 30)

Le réfectoire se trouvait au rez-de-chaussée. Il faisait une soixantaine de mètres carrés et était occupé par dix tables rectangulaires. Les jours de fête, les sœurs mettaient des nappes, sinon on mangeait sur le bois brut taillé durant les ateliers de menuiserie. Le temps que tout le monde s'installe, on entendait les bancs crisser sur le plancher et le brouhaha s'amplifier entre les murs d'un blanc sali par les vapeurs de nourriture.

Je jetai discrètement un coup d'œil à ma montre. Le père Tremblay me l'avait donnée sur son lit de mort. Ce geste m'avait surpris et, peut-être parce que je n'avais jamais eu de montre auparavant, j'avais pris l'habitude de la regarder très souvent. C'était devenu une sorte de tic et je m'étonnais encore que personne ne me l'ait confisquée...

– Y paraît que le numéro trente-deux a fait griller un oiseau derrière la remise et qu'il l'a mangé, entendis-je quelqu'un chuchoter derrière moi.

– Arrête, ça me fait gargouiller l'estomac ! Et qui t'a dit ça ?
– Ben lui ! Trente-deux !
– Et comment il a fait pour pas se faire repérer ?
– Ça, chais pas...

Mais oui, bien sûr ! On rêve tous de faire cuire des oiseaux, des écureuils, des lapins, n'importe quoi qui ait un goût de viande grillée ! Mais, faire cuire, ça veut dire faire de la fumée. Faire de la fumée, c'est se faire repérer et se faire repérer implique se faire punir. Alors, venez pas me dire que le numéro trente-deux a fait griller un oiseau ! Ou alors dans ses rêves !

Voilà ce que j'avais envie de leur répondre. Mais, comme d'habitude, je n'en fis rien. De toute façon, la Vipère venait d'arriver, et sa seule présence transforma instantanément le brouhaha en silence.

Tout le monde se leva d'un bloc.

Yeux baissés. Attitudes soumises.

Des numéros interchangeables.

La Vipère, c'était le surnom du père Séguin, un type mince d'une quarantaine d'années, avec un défaut à la jambe qui l'obligeait à se déplacer à l'aide d'une canne à pommeau d'argent. Depuis que le père Tremblay avait succombé à l'épidémie de grippe, il dirigeait le pensionnat d'une main de fer, aidé par trois sœurs revêches, sœur

Clotilde, sœur Adélie et sœur Marie-des-Neiges. Il ne restait plus personne pour adoucir ses mœurs.

– Numéro soixante-cinq, viens ici ! hurla-t-il, sans préambule.

Assis deux tables plus loin, un garçon d'une dizaine d'années sursauta en entendant son matricule. Tétanisé de peur, il ne bougea pas.

– Soixante-cinq ! Je t'ai appelé ! chanta la Vipère dont la peau trop blanche se colora légèrement.

S'il y avait une chose que le prêtre ne supportait pas, c'était qu'on lui résiste. Pas même une seconde. Poussé par ses camarades de table, le jeune garçon s'avança finalement à contrecœur, tête basse. Ses cheveux, d'un noir bleuté, encadraient un visage encore poupin et percé de deux yeux noirs très bridés. Des larmes perlaient déjà aux coins de ses yeux. C'était un des nouveaux. Arrivé en cours d'année, il avait encore du mal à se plier à certaines règles. Mon regard dériva de son beau visage rond jusqu'au front luisant de Séguin.

– Je t'ai entendu ! Encore ce matin ! T'exprimer dans ton dialecte... *diabolique* ! commença le prêtre en faisant plusieurs fois claquer sa canne sur le sol.

À chaque impact, les épaules du jeune garçon sursautaient et certains se moquaient déjà de lui.

– Silence, les autres ! Et toi, soixante-cinq, réponds-moi ! Quand vas-tu cesser ce *sacrilège* ? lui demanda-t-il en détachant exagérément chaque syllabe.

21

Le garçon baissa les yeux. La vérité, c'était qu'il avait encore du mal à parler le français.

– Vous êtes vraiment tous pareils ! Au départ, vous ne comprenez rien à ce qu'on vous raconte ! Vous ne saisissez que notre intonation et nos gestes, exactement comme des *animaux* ! Mais toi, ça fait quoi ? Trois mois que tu es ici ? Si tu n'apprends pas plus vite avec la manière *douce*, je vais devoir employer la manière *forte*, c'est ça que tu veux ? le menaça le prêtre en frappant l'air de sa canne.

Le numéro soixante-cinq posa un regard vide sur la canne en question et sa bouche se mit à grimacer par à-coups. Malgré ses lacunes, il avait parfaitement saisi que Séguin menaçait de le frapper...

– Alors ? J'attends ta réponse ! s'énerva la Vipère en triturant nerveusement le pommeau métallique.

– Moi... désolé... parvint enfin à articuler le garçon.

Le père Séguin se mit brusquement à rire. Personne ne l'imita, mais je remarquai qu'une des sœurs souriait. Évidemment, c'était sœur Clotilde...

– Moi... désolé... singea Séguin sur un ton geignard.

Puis, le fixant droit dans les yeux, il lui dit presque gentiment :

– D'une manière ou d'une autre, on va t'apprendre à faire des phrases, mon sauvage.

Le voyant sourire, le garçon se détendit un peu. Mais le prêtre n'en avait pas encore terminé avec lui.

– Ouvre la bouche maintenant !

– Quoi ? parvint à articuler l'enfant.

– Ouvre la bouche, en grand ! Et dépêche-toi ! répéta la Vipère en lui mimant ce qu'il fallait faire.

Tous mes muscles se contractèrent. Je l'avais déjà vu appliquer ce genre de punition sur les nouveaux ou les récalcitrants. À chaque fois que cela se produisait, je sentais une boule compacte se former dans le fond de mon estomac, remonter lentement le long de mon œsophage et grossir jusqu'à bloquer ma respiration.

Tourné vers les pensionnaires médusés, l'enfant finit par obéir. Il était six heures quarante-quatre quand il ouvrit la bouche et quelques secondes de plus lorsque la Vipère plaça sur sa langue une lame de rasoir.

À partir de là, je préférai fermer les yeux et m'évader mentalement dans la forêt.

Je m'enfonce dans les entrailles de la terre.

En bas, je prends le temps de détailler chacune des racines qui courent dans le sous-sol humide pour aller se gorger d'eau ferrugineuse.

Peu à peu, je deviens eau, terre, sève, bois.

Je ne suis plus là, je suis dans la forêt.

Je ne suis plus un homme, je suis un arbre...

Au fur et à mesure que mon esprit trouvait ces chemins souterrains, je me détachais de cet endroit que je haïssais… Malheureusement, la voix de Séguin, trop forte, finit par me ramener à la surface.

– Pendant que tes camarades feront leur prière et avaleront leur soupe, tu resteras ici avec cette lame dans la bouche. Ainsi, j'espère que tu auras compris la leçon : ici, on ne parle pas en algonquin mais en français !

Par réflexe, je rouvris les yeux. Pour pas voir les grosses larmes qui roulaient sur les joues du matricule soixante-cinq, je posai tout de suite mon regard sur mon assiette. Évidemment, je ne connaissais pas son prénom et c'était bien mieux ainsi.

SOUVENIR HEUREUX

Pendant tout le cours de français que sœur Marie-des-Neiges nous donna ce matin-là, si mon corps fut présent, la plupart du temps mon esprit se promena en été, au temps où je vivais encore avec ma mère. Dans mes souvenirs, chacune de nos activités était merveilleuse.

Pour descendre plus au sud, nous empruntons la voix fluviale. Je prends place à l'avant du canot, maman à l'arrière et, sans un mot, nous nous mettons à pagayer ensemble. Nos gestes sont lents et nos pagaies plongent en rythme dans l'eau douce. De part et d'autre de notre embarcation, le paysage défile sans se presser, aussi silencieux et majestueux qu'à l'aube des temps. Les sapins, les épinettes, les cèdres et les bouleaux bruissent dans le vent léger, tandis que leurs branches accueillent une multitude d'oiseaux. Les senteurs résineuses de la forêt parviennent à mes narines qui frémissent de bonheur.

Je suis heureux et je ne le sais pas encore.

– Que vois-tu, Jonas ? me demande ma mère.

– Je vois le ciel et, juste en dessous, des arbres et des oiseaux.

– Dis-moi leurs noms.

Je lui récite ce que je sais et c'est ainsi que ma mère me « fait la classe ». Notre seul manuel est la nature et, à ce titre, il ne compte pas un nombre de pages défini à l'avance. Tous les jours, les cours changent et chacun d'eux m'est instantanément utile.

– Là-bas, c'est un bouleau.

– Qu'est-ce que tu peux en faire ?

– Avec sa sève, je préparerai un sirop que je pourrai mettre dans l'eau chaude pour la parfumer d'une saveur de thé des bois.

– C'est bien. Et celui-ci ? me demande-t-elle.

– On peut manger ses pousses au printemps.

– Et en hiver ?

– On infuse les aiguilles !

Devant mon enthousiasme, ma mère rit et son rire, aigu et clair, enchante tout le ciel.

Après avoir échoué notre canoë sur une berge dorée, nous plongeons nos pieds nus dans le sable mouillé. Tandis que l'eau me rafraîchit, les petits grains massent la plante de mes pieds et s'infiltrent entre mes orteils. J'aime chacune de ces sensations.

– Cherche les petits trous dans le sable, me dit ma mère.

Et c'est comme un jeu qui commence. Bientôt, je repère les empreintes du raton laveur près des coquilles de moules vides. En creusant les trous que l'animal n'a pas encore visités, nous trouvons notre repas. C'est l'occasion d'une halte sur la berge. Après manger, ma mère chante et sa voix se mêle harmonieusement aux soupirs du vent...

– Numéro cinq ! Au tableau !

Retour immédiat dans la réalité grise de la salle de classe. Les yeux écarquillés, je regardai sœur Marie-des-Neiges comme si je la voyais pour la première fois. Cette coiffe blanche qui entourait sa face pâle et cette lourde soutane noire la faisaient ressembler à un étrange oiseau de nuit.

– Numéro cinq ? insista-t-elle et, pendant une minute, j'eus l'illusion qu'elle croassait.

– Je viens, ma sœur.

Je n'avais écouté que partiellement, mais j'étais bon en français et je complétai les terminaisons des conjugaisons sans difficulté.

J – 60 (11 H 30)

Le pensionnat était une imposante bâtisse recouverte de planches de bois peintes à la chaux. Vu du ciel, ses deux étages devaient former un gros L planté sur une colline pelée qu'entourait une immense forêt. Ce bâtiment principal était jouxté par deux constructions plus rustiques en rondins : la remise et la chapelle. Ce qu'il restait de terrain recevait pour une part un pauvre potager et pour l'autre une cour de récréation sur laquelle mordait peu à peu un cimetière de fortune. Tout autour, les prêtres avaient fait installer de hautes grilles métalliques. Un unique portail, toujours fermé à clé, ouvrait sur une piste qui menait à une exploitation forestière et, plus loin, sur la liberté. Au rez-de-chaussée, où étaient installés salles de classe, réfectoire et cuisine, l'horizon était bouché par des bouquets d'arbres, des résineux pour la plupart. Mais du premier étage, où se trouvaient les dortoirs et les chambres des prêtres et des sœurs, on avait une vue imprenable sur la canopée, immensité verte ou blanche, dansante ou figée, qui s'étalait à perte de vue en fonction du temps qu'il faisait. La plupart des pensionnaires trouvaient ce paysage angoissant, car il semblait avoir été créé sur mesure pour décourager les candidats à la fuite... À mes yeux en revanche, il représentait le seul refuge possible.

Pour le deuxième cours de la matinée, je m'étais installé dans le fond de la classe, près de la fenêtre. Ainsi, je pouvais laisser mon regard s'évader vers la forêt. J'attendais avec impatience le début d'après-midi pour retrouver Samson devant le portail et me rendre avec lui dans la forêt. Bûcheron, Samson possédait le physique de son surnom : deux bons mètres de haut, un visage glabre et une impressionnante tignasse rousse qu'il laissait retomber librement sur ses larges épaules. Personne, pas même Séguin, ne connaissait son véritable nom et, à cause de cela, une foule de légendes couraient sur lui. La plus tenace racontait qu'il avait tué quelqu'un longtemps auparavant et qu'il était venu se cacher dans ce coin isolé pour se faire oublier. À deux kilomètres plus au nord, se trouvait sa cabane et, tout autour, les chantiers de bois à couper. Il disait parfois que la forêt avait besoin de nous pour ne pas devenir impraticable. L'autre vérité, c'était qu'il était payé par les prêtres pour chauffer le pensionnat et donner quelques cours de menuiserie.

- Numéro cinq !
- Oui ma sœur ?
- Réponds à la question que je viens de poser !

Tous les élèves se tournèrent vers moi. Dans le regard de certains, je lisais leur espoir de me voir puni.

- Oui ma sœur. Le cercle de centre O et de rayon R est l'ensemble des points du plan situés à la distance R du point O.

En entendant ma réponse, sœur Clotilde tordit légèrement sa bouche et plissa ses petits yeux que rapetissaient encore les verres de ses lunettes en demi-lune. Je souris intérieurement. Je savais qu'elle rêvait de me coller et c'était ce genre de victoire ridicule qui m'aidait à tenir.

Je suis à l'intérieur du cercle. Vous êtes à l'intérieur du cercle. Nous sommes à l'intérieur du cercle et nous y tournons en rond. Mais dans deux mois, tout rond, je pourrai enfin en sortir et j'espère ne plus jamais vous revoir, ma sœur.

DE LA FORÊT

En huit mille ans, la forêt avait assisté à un grand nombre de chasses. Des loups déchirant la peau fine d'une jeune biche pour que la meute se repaisse de ses entrailles, un carcajou dévorant un lièvre, un puma se jetant sur un castor avant d'enterrer ses restes pour le cas où la nourriture se ferait rare, un serpent avalant un mulot... une foule d'animaux avaient passé leur vie entière à se dévorer les uns les autres dans l'unique but de survivre, et la forêt avait souvent absorbé leur sang par ses racines.

Au milieu de cette faune, des hommes à la peau et aux cheveux sombres étaient venus sur la pointe des pieds et s'étaient peu à peu fondus au décor, faisant corps avec lui pour mieux s'y développer. À leur tour, ils avaient chassé le caribou, pêché le poisson des rivières et s'étaient mis à cueillir des baies et des plantes qui leur permettaient de se soigner. Ces êtres humains croyaient qu'en mangeant la chair des animaux, ils obtenaient leurs caractéristiques.

Ainsi, ils se débrouillaient pour ne pas faire souffrir l'animal lors de sa mise à mort et n'oubliaient jamais de le remercier pour sa chair et pour l'ensemble de ses organes, car du corps dont ils avaient ôté la vie rien n'était jeté, tout était utilisé.

Oui, cette forêt avait vu se dérouler un grand nombre de chasses, mais elle avait rarement assisté à une traque aussi terrible que celle que ces quatre chasseurs blancs menèrent cet hiver-là.

Après avoir remarqué les empreintes de l'animal, un jeune orignal de grande taille, ils envoyèrent leurs chiens derrière lui et se répartirent en deux groupes : les frères jumeaux étaient les traqueurs, chargés de rabattre l'animal, tandis que, postés dans l'ombre d'un bosquet d'épinettes, le chef et son second attendaient patiemment sa venue, fusils chargés. Pour se rendre invisibles, ils avaient pris soin de se rouler dans de la souille. Ainsi, l'orignal ne pourrait pas sentir leur odeur et il ne pourrait pas les éviter. Immobiles, les deux hommes tremblaient d'impatience. Ils ne se lassaient jamais de prendre la vie. La chasse avait beau faire partie de leur quotidien, elle continuait de leur donner un sentiment de puissance quasi divine...

Les aboiements se rapprochèrent et, comme si cette course haletante était capable de modifier le climat, le vent se leva soudain et fit trembler les feuillages. L'animal cessa de brouter les ligneux et releva brusquement la tête, l'oreille attentive. Son long museau poilu huma l'air avec anxiété et il se mit aussitôt à courir. Derrière lui, la meute le talonnait, mais il avait un avantage sur les chiens : sa constitution et ses longues pattes le rendaient capable de courir un peu plus vite qu'eux. Le sang gorgé d'adrénaline, il accéléra et la cadence de ses larges sabots se calqua bientôt sur son rythme cardiaque.

Courir. Courir jusqu'à ce que le danger cesse.

Lorsque le coup partit, il ne le sentit pas tout de suite, mais ses deux pattes arrière s'affaissèrent. Ensuite, il eut beau tenter de les relever, il n'y parvint pas. Déjà, les quatre chiens huskys portant des noms calamiteux l'entouraient, les gueules ouvertes et écumantes d'une rage à peine contrôlée. L'orignal fit une ultime tentative pour se relever, mais son corps retomba plus lourdement encore sur le sol gelé et son instinct lui raconta que, malheureusement, la fin était proche. Malgré sa mauvaise vision, il aperçut peut-être le cardinal rouge qui se posa juste au-dessus de lui, à la cime d'un mélèze. Et, pendant que les chiens hurlaient et que les voix des hommes blancs se rapprochaient, l'oiseau se mit à chanter pour lui. Ce chant résonnait comme une alarme, « Sauve-toi ! Sauve-toi ! », mais il était trop tard. Déjà, les chasseurs étaient devant lui.

– Je lui donne le coup de grâce ? demanda le second en pointant son fusil sur la tête de l'animal.

Le chef secoua la tête. Il s'accroupit lentement et plongea ses yeux noirs dans ceux, affolés, de la bête. Et, sans cesser de fixer l'âme de l'animal, il prononça ces mots :
– Faut le faire souffrir un peu plus, je te rappelle que le père Séguin préfère la viande dure...
Une bourrasque de vent traversa la forêt. Elle ressemblait à une longue lamentation.

J – 60 (14 H 30)

Samson, Gabriel et moi marchions en direction du chantier. Le vent chargé de neige nous soufflait continuellement dessus. Les flocons s'écrasaient sur nos joues, notre nez et s'accumulaient sur notre dos comme s'ils souhaitaient nous faire tomber à terre et nous dissoudre dans le paysage. J'avais l'impression que la forêt désirait être seule et qu'elle faisait tout pour nous repousser. D'ailleurs, Bella, la chienne husky de Samson, n'était pas là. Écoutant son instinct, elle avait préféré rester à l'abri.

Je te comprends si bien, forêt. Si je le pouvais, moi aussi je soufflerais du froid et de la glace sur ceux qui m'agressent jour après jour ! pensai-je en constatant que l'extrémité de mes doigts me brûlait déjà.

– Je vous préviens, tous les deux ! Je veux pas de tire-au-flanc ici ! Tempête ou pas, on bosse ! nous avait annoncé notre contremaître dès notre arrivée.

Luttant contre le vent, je soulevai ma hache et attaquai un des troncs marqués d'une croix orange. Malgré les flocons qui gênaient ma vision, je l'incisai de manière nette et précise.

– C'est bien ça, Jonas !

Dans mon dos, c'était la voix rauque de Samson. Depuis le début, il était le seul adulte à ne pas nous appeler par des numéros. Il disait qu'il ne pouvait pas mémoriser un numéro par tête et que, les prénoms, c'était pas fait pour les chiens.

– Gabriel, par contre, c'est nul ! ajouta-t-il en s'adressant à l'intéressé.

– C'est à cause de ma hache... la lame est émoussée...

– Oh pauvre chou ! Elle marche pas bien ?

– Non... elle... elle est émoussée, répéta Gabriel.

– Eh ben alors, échange-la avec celle de Jonas !

Le dos légèrement voûté, Gabriel s'approcha de moi. Je savais qu'il avait seize ans, mais il ne les faisait pas. Sa croissance semblait s'être arrêtée en même temps que son arrivée au pensionnat. Il faisait une tête de moins que moi et il lui manquait quelques kilos. Après la mort des deux autres apprentis bûcherons, Séguin l'avait collé au travail du bois mais ce n'était vraiment pas son truc... Quand je lui tendis ma hache, ses yeux se plissèrent et tout son visage se contracta en un rictus de malaise. Il saisit l'outil et se mit en position, les jambes légèrement écartées et le buste aussi droit que sa constitution le lui permettait.

Malgré ses efforts, sa position restait maladroite et il en était déjà à son troisième essai, soit au moins deux essais de trop pour notre exigeant contremaître...

– Allez, frappe fort maintenant ! J'ai pas que ça à faire !

Tremblant, Gabriel souleva la hache au-dessus de sa tête et cogna le tronc avec.

Klong !

De nouveau, l'écorce ne sauta pas. En revanche, l'onde de choc le fit tomber en arrière. Il se retrouva assis par terre, les fesses dans la neige et les joues rougies de honte.

– J'en ai vu des nuls ! Mais toi, tu bats tous les records ! se moqua Samson.

Je remarquai que Gabriel avait les larmes aux yeux et, quand nos regards se croisèrent, je détournai le mien pour ne pas ajouter à son embarras.

– Tu sais quoi ? J'en ai assez... Va plutôt nous chercher du café !

Les épaules basses et la mine pâle malgré sa peau hâlée d'Inuit, Gabriel amorça un demi-tour. Alors qu'il s'éloignait en direction de la cabane du contremaître, une rafale de vent le fit tanguer.

– Pas si vite ! Rends-lui d'abord son outil de travail ! aboya encore Samson qui semblait décidément de méchante humeur.

Gabriel se retourna et, d'un pas lent, il alla ramasser la hache qui gisait toujours au pied de l'arbre. Puis, il me la tendit brusquement, manquant de me blesser à la main.

J'esquivai la lame de justesse et saisis l'outil. Il gonfla les joues et grimaça. Ses yeux, chargés de haine, me fixaient. Je crus qu'il allait me dire quelque chose, mais il fit demi-tour sans rien ajouter.

Je regardai un moment sa silhouette s'éloigner jusqu'à ce qu'elle finisse par disparaître, avalée par les bourrasques de neige, puis je me remis au travail.

SOUVENIR MALHEUREUX

La journée avait été particulièrement longue et fatigante et, le soir venu, je fus bien content de glisser mon corps courbaturé sous la couverture.

À vingt-trois heures, le sommeil n'était toujours pas là. Ce que la Vipère avait fait subir au numéro soixante-cinq au petit-déjeuner m'avait projeté six ans en arrière.

Le bonheur que je connais depuis ma naissance disparaît en l'espace d'un mois. D'abord, ma mère tombe malade. Son état se dégrade rapidement et je ne sais pas quoi faire. Puis, comme si cela n'était pas suffisant, la gendarmerie royale du Canada vient m'enlever à elle.

– C'est mieux pour lui, madame ! Au pensionnat du Bois Vert, il recevra une bonne éducation et il apprendra le français, lui assurent-ils en tentant de m'arracher à ses bras.

Pendant qu'elle me serre de toutes ses forces entre ses bras amaigris, ils ajoutent :
– De toute façon, vous n'avez pas le choix. Si vous refusez, vous agissez contre la loi !
Les mains nouées autour de son cou, je m'accroche à ma mère comme à un rocher. Impuissante, elle me regarde, ou plutôt me dévore des yeux, sachant au plus profond d'elle-même que c'est la dernière fois qu'elle me voit. Ma mère est une Cri et elle appartient au clan du loup. Néanmoins, elle a déjà croisé la route de ceux que nous appelons « les manteaux noirs », les prêtres missionnaires. Elle a accepté de me faire baptiser et de me choisir un prénom chrétien. Je crois même qu'elle aime certains aspects de la religion que les Blancs veulent nous imposer. Pourtant, en dépit de leurs interdictions, elle continue de croire aux esprits de la forêt et de vivre de la même manière que nos ancêtres. Ainsi, au lieu de profiter des vaccins et de la nourriture gratuite qu'on nous a promis, elle a préféré m'apprendre l'art de piéger le gibier, de monter un wigwam ou une tente, de tanner des peaux et de soulever mon propre poids lors des portages...

Lorsqu'ils m'emportent loin d'elle, je ne pleure pas.
Mon cri est intérieur et je sens qu'il m'abîme de manière irréversible.
Je sens que mon enfance se termine pile à ce moment-là.

On me fait monter dans un train avec d'autres jeunes Indiens. Le trajet dure des heures. L'odeur de renfermé, le balancement de la voiture, la proximité des autres enfants me soulèvent horriblement le cœur. À moins que ce ne soient les kilomètres qui me séparent peu à peu de ma mère. Le train finit par s'arrêter en pleine forêt et nous en descendons avec soulagement. Lors de cette courte halte en plein air, on nous offre un sandwich au lard et un verre d'eau fraîche. Dès qu'on a avalé tout ça, on nous fait grimper dans la remorque d'un camion non bâché.

Nous sommes entassés à l'arrière.

Le ciel en ligne de mire.

Un ciel magnifiquement bleu et pur.

Le nez en l'air, je suis des yeux le parcours d'un aigle qui plane au-dessus de nous. Lorsque l'oiseau disparaît de mon champ de vision, je me mets à respirer à coups de grandes goulées d'air, presque jusqu'à m'asphyxier.

– Ne leur fais pas confiance... Quand tu seras là-bas, tu devras trouver un endroit à l'intérieur de toi pour ne pas oublier ce que nous sommes, ce que tu es, m'a murmuré ma mère juste avant qu'ils ne m'arrachent à elle.

Le camion traverse une forêt magnifique. Les bois, quasi impénétrables, sont parsemés de bosquets de feuillus et d'une très grande variété d'arbustes. Ils sont si beaux, si ressemblants aux forêts que je parcours avec ma mère que j'ai envie de sauter de la remorque. Je suis fort à la course et, dans ce labyrinthe végétal, je pourrais peut-être leur échapper... Je m'imagine tirant du gibier, cueillant des baies, trouvant des sources sous la terre et me soignant avec les plantes. Je sais que j'en suis capable. Mais je sais aussi que l'hiver viendra et qu'il apportera avec lui le froid, la faim et les bêtes sauvages. Cette dernière pensée, ainsi que le regard dur de la sœur assise à côté de moi, me retiennent sur mon siège...

Hélas.

Le voyage se termine par une longue marche dans la forêt.

Le soir venu, nous arrivons épuisés au pensionnat.

J'y entre le cinquième.

De ce simple fait, ils me nomment « numéro cinq ».

J – 59 (6 H 15)

Lorsque sœur Clotilde alluma le plafonnier ce matin-là, je constatai que le lit de Gabriel était vide. Les autres se mirent aussitôt à débattre de cette absence inhabituelle.
– Vous croyez qu'il va bien ?
– Tu penses à la grippe ? C'est terminé, non ?
– Ouais, mais on sait jamais !
– D'ailleurs, j'ai des frissons, moi, ajouta un petit.
– Ouais, ben dégage alors ! s'exclama un grand en le poussant violemment, le faisant tomber par terre.
Je serrai les mâchoires de colère, mais ne bougeai pas de mon lit. Comme chaque matin, je remontai méthodiquement ma montre. Mais cela ne suffit pas à me calmer.

Les grands contre les petits. Les forts contre les faibles. Les Inuits contre les Cris. C'est toujours la même histoire avec les humains ! Indiens ou Blancs, c'est la même chose à la fin... J'en ai plus qu'assez de ces conneries !

Dans ces moments-là, il ne me restait plus qu'un souhait : devenir un arbre, qu'on me plante dans une couche d'humus gras et noir et que je puisse tranquillement y prendre racine...

Gabriel ne se rendit pas au réfectoire et il ne participa à aucun cours de la matinée. Il réapparut seulement après l'heure du déjeuner, en sueur et la mine sombre. Apparemment, il était privé de déjeuner. En dépit des questions et des paris lancés, il ne voulut fournir aucune explication à la tablée. Je me doutais qu'elle viendrait d'elle-même, un peu plus tard, et ça ne loupa pas...

Lorsque ce fut l'heure de partir pour le chantier, j'enfilai mon manteau et passai le seuil. Constatant que Gabriel restait en arrière, je me sentis obligé de lui poser la question :

– Tu viens pas ?

– Qu'est-ce que ça peut te faire ? C'est pas ton problème ! me répondit-il en s'asseyant en tailleur sur le plancher du hall d'entrée.

– Ben si, un peu, vu qu'on bosse ensemble.

– *Ensemble ?* C'est un mot que tu connais, Jonas ? De toute manière, j'ai bien compris que je suis plus un boulet qu'autre chose sur le chantier !

– Eh calme-toi ! Je t'ai rien fait ! Tout ce que je sais, c'est qu'il n'y a plus que toi et moi depuis l'épidémie. Si tu viens pas, Samson va te réclamer.

– Pfff... Lâche-moi ! Fais plutôt ce que tu fais le mieux : occupe-toi de tes oignons ! ajouta-t-il en passant sa main d'un geste rageur dans ses cheveux courts.

Je capitulai et me dépêchai de rejoindre sœur Clotilde qui venait d'arriver au portail. Pendant qu'elle glissait la clé cuivrée dans la serrure, j'aperçus Samson un peu plus loin. Comme d'habitude, il nous attendait en fumant une cigarette près de la rivière encore figée par la glace.

– Où est Gabriel ? me cria-t-il en ouvrant ses bras d'un air interrogateur.

– Il est là ! gronda une voix derrière moi.

Je me retournai et vis Séguin traîner Gabriel par le col de son manteau.

– Cet animal a menti à sœur Marie-des-Neiges ce matin ! Il s'est fait ouvrir le portail et est parti seul sur le chantier. Si j'ai bien compris ce qu'il a baragouiné en rentrant, il voulait faire des progrès à la coupe... mais c'est peine perdue on dirait !

Arrivé à notre hauteur, le prêtre le poussa brutalement contre le grillage. Son corps rebondit dessus comme une poupée de chiffon. Il se massa le dos et me rejoignit du côté de la forêt.

– Il va réparer ! ajouta Samson en saluant le prêtre et la sœur d'un léger mouvement de tête et, lorsque nous l'eûmes rejoint, il s'adressa gravement à Gabriel : Pourquoi t'es reparti comme un voleur ? C'est pas en te planquant que t'échapperas à ton destin !

Bizarrement, j'eus l'impression que ces derniers mots m'étaient aussi adressés...

J – 59 (14 H 40)

À quatorze heures quarante, je luttais contre le vent pour ranger les bûches dans la remorque quand je reconnus leurs hurlements. La mule se mit à braire et Bella, qui traînait autour de moi depuis le matin, vint chercher mes caresses en couinant. À les entendre, on aurait cru une meute remontée des enfers ! Ils n'étaient pourtant que quatre chasseurs, accompagnés de quatre chiens qui montraient leurs crocs pour un oui ou pour un non et qui répondaient aux doux noms de Tornade, Tempête, Taïga et Typhus. En évoquant ce dernier, je ressentis le besoin de masser ma main qui se souvenait encore d'une de ses morsures...

– T'entends ça ? Ils arrivent ! me lança Samson, pas ravi non plus.

– Pourquoi si tôt ? ne pus-je m'empêcher de lui demander en sentant mes épaules et ma nuque se tendre.

– Va savoir ! En tout cas, si j'avais deviné qu'ils débarquaient aujourd'hui, j'aurais dit à Gabriel de réparer sa bêtise tout de suite ! Quand ils vont voir ce que cet idiot a fait, ils vont pas être contents, pas contents du tout... prédit Samson.

Pas contents ? Fous de colère oui !

Car, en arrivant sur le chantier, j'avais enfin compris pourquoi Gabriel rechignait à descendre ce matin-là. Honteux de son échec, il avait d'une manière ou d'une autre obtenu une autorisation exceptionnelle et, à l'aube, il s'était rendu seul sur le chantier. Il s'était acharné sur un arbre plus mince que celui qui lui avait résisté la veille. Malheureusement, cet arbre se trouvait beaucoup trop près de la cabane des chasseurs. Pire, Gabriel avait mal calculé son coup et, dans sa chute, le tronc avait arraché une partie du toit. En entendant l'énorme craquement, Samson était arrivé en courant, mais le mal était fait...

– Cet idiot aurait mieux fait de se faire écrabouiller dessous !

La voix de Samson me semblait lointaine. J'étais concentré sur la tempête humaine qui nous arrivait dessus à pleine vitesse.

– J'ai pas vraiment envie de le dénoncer, continua de soliloquer Samson. Mais, comme tu le sais, Jonas, il faut toujours un coupable avec ce genre de types !

Pour échapper à l'angoisse qui montait en moi, je me remis à compter les bûches. Je savais qu'il en rentrait exactement cent vingt-cinq dans la remorque. Ce qui voulait dire qu'il m'en restait encore trente-deux à ranger et que je ne terminerais sûrement pas assez tôt pour éviter l'arrivée des chasseurs...

À quinze heures, la meute était en vue. Les deux attelages distincts soulevaient un nuage de poudreuse sur leur passage. Les chiens étaient lancés à vive allure et, lorsque les conducteurs actionnèrent les freins, les larges traîneaux dérapèrent puis stoppèrent net près de la cabane éventrée. Certains chiens tombèrent, écrasant leurs congénères, et ce fut un concert de plaintes pendant quelques secondes. Typhus et Tornade, les deux meneurs, furent les premiers à se relever. Jetant aussitôt un regard fourbe dans notre direction, ils se mirent à grogner et à baver. Je préférai me focaliser sur les traits taillés à la serpe de leurs maîtres. Moras, les deux jumeaux, Cilas et Colas, que je confondais toujours, et leur chef Gordias.

Je hais ce type.

C'était toujours ma première pensée quand je le voyais arriver. Et la dernière, au moment où il s'en allait. Râblé, avec des yeux d'ours qui brillaient comme deux billes marron au-dessus d'une barbe fournie et recouverte de givre, Gordias m'avait toujours semblé inhumain. Lorsqu'il descendit du traîneau, je vis que la carcasse d'un jeune orignal était chargée à l'arrière. À en juger par ses pattes qui formaient des angles bizarres, ils avaient dû lui faire passer un sale quart d'heure... L'animal avait été jeté sur le flanc et harnaché à la hâte au-dessus de la bâche qui cachait certainement d'autres animaux morts.

– C'est quoi ce bordel ? lança immédiatement Gordias d'une voix grave et encombrée.

– Juste un petit nouveau qui sait pas couper les arbres... Tiens ! D'ailleurs le voilà ! lui répondit Samson en désignant Gabriel, qui nous ramenait un bon litre de café bouillant.

En voyant les chasseurs, le pauvre garçon devint livide et amorça un demi-tour.

– Pas si vite, le sauvage ! C'est toi qui as fait ça ? gronda Gordias.

Gabriel stoppa net, puis se retourna lentement, les épaules et la tête basses.

– Euh... j'ai pas fait exprès, improvisa-t-il, pensant peut-être que cela leur suffirait.

Aussitôt, Gordias se mit à rire, mais ce fut bref et ironique. Sa bouche resta un moment arquée, révélant une dentition lamentable, tandis que ses yeux renvoyaient une froide colère.

– *J'ai pas fait exprès !* l'imita-t-il d'une voix larmoyante.

Il s'approcha de Gabriel et l'attrapa par le col. Le regardant faire, ses trois comparses se mirent à ricaner.

– Tu vas me réparer tout ça, et vite ! Sinon je demande à mon chien de t'arracher les tripes !

Le visage de Gabriel perdit toutes ses couleurs. Terrorisé, il tenta de rentrer encore un peu plus sa tête dans ses épaules, comme si ça pouvait le faire disparaître...

– Grouille-toi ! Hors de question qu'on dorme chez les curetons ce soir, ça pue la mort là-dedans !

Le chasseur sortit une fiole métallique de son épais manteau de fourrure noire, l'ouvrit et la porta à sa bouche. Il avala une lampée d'un breuvage jaune qui dégoulina aussitôt dans sa barbe. La main légèrement tremblante, il tendit la flasque à ses congénères avant de se remettre à rugir en direction du pauvre Gabriel.

– Tu m'as entendu, le bouffeur de bannock ?

Comme Gabriel, tétanisé de peur, se contentait d'acquiescer, Gordias s'approcha de lui et lui assena une gigantesque claque.

– J'ai pas compris ta réponse !

– Oui m'sieur, fit Gabriel en massant sa joue endolorie.

– *Oui m'sieur !* l'imita-t-il encore en tordant la bouche. À ton âge, tu sais ce que je faisais, moi ?

– Non m'sieur.

– Je tuais mon premier ours !

Gabriel jeta un regard effaré sur le manteau en fourrure noire du chasseur.

– Et toi ? T'as déjà tué quelque chose, gros débile ?

– ...

- Attends ! Attends ! Réponds pas ! Je sais ! C'était une petite souris qui courait sous ton lit, ricana Moras, tandis que Gordias roulait bruyamment une glaire au fond de sa gorge pour l'envoyer voler jusque sur le manteau de Gabriel.

Oui, ces types étaient aussi enragés que leurs chiens. Hommes ou bêtes, ils prenaient un malin plaisir à faire souffrir et, nous, les « sauvages », étions leurs proies favorites...

J – 59 (15 H 30)

Pour laisser à Gabriel le temps de réparer leur cabane, Samson invita les chasseurs à venir se réchauffer chez lui. La meute suivit le groupe, nous laissant seuls et soulagés de l'être. Sans un regard pour moi, Gabriel grimpa sur le toit pour évaluer les dégâts. Il s'accroupit et tenta de soulever le tronc, mais la toiture fracturée le retenait comme une immense mâchoire. Je le laissai s'escrimer pendant un moment puis, comme les résultats tardaient à venir, je lui proposai :
– Un coup de main ?
– Ta gueule ! me cracha-t-il ni une ni deux, une colère noire dans les yeux.

Lorsque l'après-midi toucha à sa fin, Samson vint voir où Gabriel en était. Ce n'était pas brillant et il commença par l'engueuler. Et, comme c'était l'heure de rentrer, il nous demanda de revenir à l'aube pour réparer la cabane ensemble.

Il nous raccompagna au pensionnat en marchant trois mètres devant nous. On l'entendit grommeler pendant tout le trajet. Pour éviter un drame, il avait proposé aux chasseurs de les héberger chez lui jusqu'au lendemain matin, effort surhumain pour le solitaire qu'il était...

– T'es content, hein ? me demanda Gabriel.

– Sale journée. Je vois pas pourquoi je devrais être content.

Il grogna un mot en inuit, que je ne compris pas. Une insulte certainement. Je me contentai de hausser les épaules, mais il n'avait pas fini de vider son sac.

– C'est quoi ton problème, Jonas ? Tu nous regardes tout le temps de haut avec tes grands airs ! On dirait que personne est assez bien pour toi ! Des fois, j'ai l'impression que tu te prends pour un Blanc...

– Quoi ?

– On n'est pas à ton niveau, c'est ça ? T'as pas envie de te rabaisser à parler avec nous ?

– Non, c'est pas ça, Gabriel. Tu te trompes.

– Ah bon ? C'est quoi alors ?

– La journée a été longue. Garde tes forces pour demain, mon frère.

– *Mon frère ?* Ah ah ! Alors là, j'y crois pas ! En plus, il se prend pour un vieux sage ! cracha Gabriel entre ses dents.

– Fermez-la un peu ! J'entends plus la forêt ! intervint Samson.

Prière, sermon de Séguin et brouet insipide.
Le cérémonial du soir se déroula normalement jusqu'à ce que la Vipère s'arrête derrière Lucie et pose lentement ses mains sur ses épaules. Inquiètes de subir le même sort, les autres filles de la tablée se mirent à fixer le fond de leur assiette, tandis que, tétanisée, Lucie ancrait ses grands yeux noirs sur les miens.

Assis face à elle à deux tables d'intervalle, j'observai, impuissant, sa métamorphose en direct. C'était comme si le prêtre absorbait son sourire et...

Peu à peu, Lucie devient une autre.
Ses lèvres contractées, sa peau figée, ses yeux éteints lui enlèvent ce qui fait d'elle un être humain unique.
Soudain, elle n'est plus qu'un numéro...

Je voyais bien dans son regard qu'elle m'appelait à l'aide, mais je ne pouvais rien faire. Cette scène ne dura qu'une minute ou deux. Pourtant, il me sembla qu'une éternité était contenue dans chacune d'elles.

– Ceux qui sont de corvée de vaisselle, au travail ! Les autres, vous pouvez regagner vos dortoirs ! lança Séguin en claquant bruyamment dans ses mains.

Lucie sursauta, puis se leva mécaniquement pour débarrasser le couvert avec deux autres filles de sa tablée.

Après un aller-retour dans la cuisine, je la vis sourire à une de ses amies. Rassuré, je sentis la fatigue me tomber instantanément dessus. Je quittai la table en dernier et me dépêchai de regagner mon dortoir.

Épuisé, je me déshabillai et me glissai sous la couverture. Je rêvais de fermer les yeux et d'oublier cette journée.

– Eh numéro cinq ! Tu préférerais pas être blanc finalement ? T'as l'air plus à l'aise avec eux qu'avec nous ! tenta de me provoquer Gabriel.

Heureusement, sœur Clotilde lui cloua le bec en venant éteindre la lumière. Dès qu'elle fut partie, je me tournai sur le côté gauche, faisant dos à Gabriel. Je l'entendis souffler bruyamment et froisser ses draps. Le visage enfoui sous ma couverture, je gardai un moment les yeux ouverts sur l'obscurité. Malgré une immense fatigue, le sommeil n'était pas là. Je revoyais par alternance les rictus mauvais des chasseurs, la lueur cruelle dans les prunelles de leurs chiens et les fines mains du prêtre sur les épaules de Lucie.

Pour cesser de penser à tout ça, je forçai mon esprit à revenir six ans en arrière. Je me plongeai dans l'été de mes dix ans, mon dernier été de liberté et l'une des plus belles périodes de ma vie…

SOUVENIR DE STELLA

Il est tôt, peut-être cinq heures du matin, je pars seul dans les bois pour poser des collets. Ces moments solitaires me rendent joyeux. J'ouvre mes narines et je respire les parfums organiques de l'humus, ceux métalliques de l'eau et ceux doux et sucrés des baies bien mûres. De temps à autre, je m'immobilise pour écouter les bruits environnants, le bec du pic-vert qui cogne sur un tronc, le cri aigu et répétitif d'un autour, la fuite d'un lièvre ou le bourdonnement d'une abeille.

Il fait chaud ce jour-là, et c'est en allant me rafraîchir à une source que je connais bien que je tombe sur elle... Elle est en train de laver ses longs cheveux, aussi noirs et bleutés que le plumage du corbeau. En me voyant arriver, elle ne sursaute pas. Elle se contente de poser ses beaux yeux sombres sur moi. Je me sens brusquement gourd et, à défaut de lui parler, je reste planté là.

Pétrifié.

– *Qui es-tu ? finit-elle par me demander.*
– *Jo... Jonas.*
– *Moi, je m'appelle Stella.*

Tout en détaillant ses lèvres brillantes et ses pommettes hautes, je me répète en boucle ce prénom rempli de promesses.

– *Je ne t'ai encore jamais vu, Jonas... Tu ne vis pas à la réserve ?*
– *Euh non, je vis... ailleurs, je réponds dans un pauvre filet de voix.*
– *Ah bon ? s'étonne-t-elle.*

Puis, remarquant ma méfiance, elle se met brusquement à rire et plonge sa tête sous l'eau brillante.

Comme moi, Stella avait dix ans.
Comme moi, les bois étaient son refuge.
Notre rencontre était une évidence.

Nous avions passé le mois suivant ensemble, à chasser, à nous baigner dans les eaux fraîches et à dévorer les bleuets gorgés de sucre avant que les ours ne les ramassent. Nous avions ri pour toute une vie et nous nous étions plus d'une fois endormis sous les étoiles, repus de bien-être, nous racontant le ciel comme si on y contemplait la carte de nos âmes. Durant ces nuits divines, alors que le silence nous entourait, je retenais parfois mon souffle pour écouter le rythme lent de sa respiration. Plus d'une

fois, je passai la nuit éveillé, épiant les ombres et guettant les traînées fulgurantes des étoiles filantes, un peu comme si quelque chose m'avait prévenu que tout ça ne durerait pas... et qu'il fallait en profiter au maximum...
À l'aurore, bien souvent mes yeux me piquaient mais, dès que je les frottais, le brouillard se levait. Le ciel se mettait à rougir à l'est, faisant bientôt exploser le ciel en une gamme infinie de teintes rosées. Stella ouvrait ses paupières, s'étirait avec bonheur et serrait son corps tiède contre le mien avant de se lever d'un coup pour rentrer à la réserve.

J'aurais voulu que ces moments durent toujours.

J – 58 (6 H 00)

Comme prévu, Samson vint nous chercher au lever du soleil pour nous conduire jusqu'à la cabane. Il était d'humeur maussade et nous accueillit derrière le portail sans même un bonjour. Du côté de Gabriel, c'était pire. Il me lançait des regards noirs, comme si j'étais responsable de tous ses problèmes. En fait, j'étais le seul à me réjouir de la situation. Un, nous n'aurions pas un seul cours de la journée. Deux, nous passerions tout notre temps dehors. Trois, le vent s'était calmé.

En marchant sur la piste, je sentais la forêt reprendre vie. Des mésanges et des geais bleus passaient et repassaient d'arbre en arbre, en quête des graines qu'ils avaient cachées en prévision de la fin de l'hiver. Un lièvre un peu trop joyeux faillit me foncer dedans. Et enfin, je vis courir quelques écureuils roux pile dans les empreintes d'une martre, comme si leur euphorie avait endormi leur instinct…

À deux, il nous fallut moins d'une heure pour enlever le tronc du toit. Pendant tout ce temps, Samson sirota son café en nous observant. Il ne fit aucun commentaire jusqu'à ce que j'attrape un tas de planches pour achever le boulot.

– Non Jonas ! Va plutôt débiter le tronc !

Laissant tomber les planches, je me dirigeai vers la hache que j'avais posée contre une épinette noire. Samson me rejoignit, Bella sur les talons.

– Qu'est-ce qui te prend de faire du zèle tout à coup ? me demanda-t-il, les sourcils froncés.

Je donnai une rapide caresse sur le crâne de la chienne.

– Je fais pas de zèle... Je suis venu ce matin pour aider Gabriel, non ?

Samson secoua négativement la tête et posa sa tasse de café par terre pour allumer une cigarette.

– OK pour le tronc. Ça, il pouvait pas y arriver tout seul... Mais pour le reste, j'ai jamais dit que c'était à toi de réparer sa connerie !

– C'est qu'il est pas très manuel... Je suis pas sûr que...

– Qu'est-ce que ça peut te faire, Jonas ? T'oublies vite les leçons du passé on dirait !

– ...

– Rappelle-toi comment tu t'en es sorti jusqu'à présent, ajouta-t-il avant d'avaler une grande lampée de café.

Pour toute réponse, je relevai ma hache et commençai à ébrancher le tronc. Samson me regarda un moment sans rien dire, jeta rageusement le contenu de sa tasse par terre et retourna inspecter le travail de Gabriel. Il grimpa à l'échelle qui menait au toit et il ne se passa pas plus de dix secondes avant qu'il ne se mette à crier.

– T'as deux mains gauches ou quoi ? Tu cloues de travers maintenant ?

Vexé, Gabriel ne répondit pas.

– T'as seize ans toi aussi, mais j'ai l'impression que t'as pas appris grand-chose ici ! On peut savoir ce que tu comptes faire de ta vie ?

Je cessai de donner des coups de hache et tendis l'oreille.

– Je veux retourner chez moi pour chasser et pêcher avec mon père.

– Ah ouais ? Et tu crois que ça suffira ?

– Ça nous suffisait bien avant que les gendarmes tuent nos chiens !

Samson le considéra un instant, puis revint sur le problème du moment.

– Je peux te dire que lorsque le froid et la pluie vont s'infiltrer par ce putain de toit, j'en connais d'autres qui vont lâcher *leurs* chiens sur toi... C'est ça que tu veux ?

– Non !

– Alors, applique-toi !

– Je m'applique...

Samson redescendit en maugréant : « Il s'applique, il s'applique... »

– Finalement, c'est toi qu'as raison, Jonas ! Si tu vas pas l'aider, je vais être obligé d'héberger les puants un soir de plus ! Et ça, c'est vraiment pas possible...

« Les puants » ! Tout en me dirigeant vers la cabane des chasseurs, je pinçai mes lèvres pour ne pas éclater de rire. Derrière moi, Samson ajouta d'une voix forte :

– Et toi le blaireau, à partir de maintenant tu te contentes de lui passer les clous, OK ?

– OK...

À mon tour, je grimpai sur le toit et m'accroupis près de Gabriel. Le visage fermé, il tenait le marteau serré contre sa poitrine. Je tendis la main dans sa direction, mais il ne bougea pas.

– Allez, passe-le-moi...

– Non, répondit-il d'une voix blanche.

– T'as entendu Samson ? On n'a pas de temps pour ça, lui dis-je en lui arrachant l'outil des mains.

– T'es comme eux maintenant, Jonas ! Et le pire, c'est que t'es content d'être comme eux ! me dit-il en jetant les clous devant moi.

Feignant l'indifférence, je commençai à clouer les planches avec la régularité d'un métronome. Mais, même si je ne voulais pas me l'avouer, au fond de moi, les mots de Gabriel remuaient désagréablement.

– Tu te crois supérieur, hein ? T'as toujours pas compris qu'ils ont déjà gagné ? insista Gabriel.

À chaque clou enfoncé, je serrais un peu plus les dents. Je ne voulais pas répondre, surtout pas m'engager sur ce terrain glissant. Jusqu'au moment où, au lieu de me tendre le clou suivant, Gabriel le projeta de toutes ses forces sur ma main. Je parvins à l'esquiver de justesse et, attrapant Gabriel par le cou, je plaquai son visage contre la pente du toit.

– Tu veux que je te parle, hein ? Alors écoute-moi bien ! Tu te trompes d'ennemi, mon frère ! Moi, je veux juste survivre ! Et si toi aussi tu veux t'en sortir, je te conseille de me passer les clous et de me foutre la paix !

Ma tirade achevée, je desserrai mon étreinte et me remis au travail. Je sentais mes mains trembler et mon cœur tambouriner dans ma poitrine.

Au fil des heures, Gabriel sembla se calmer. En tout cas, il ne disait plus rien. Si bien qu'à la fin, il ne restait plus que le bruit régulier de la tête du marteau cognant les planches. Résonnant dans la forêt, ce son finit par m'évoquer celui que produit le bec du pic-vert sur les troncs d'arbres. Et le pic-vert me ramena à mes dix premières années...

SOUVENIR HEUREUX

Avec maman, nous montons et démontons sans arrêt notre campement. En fonction des saisons, nous nous abritons sous un wigwam ou une tente plus légère. Mais notre vraie maison, c'est la forêt. Le soir, après avoir dîné et rangé, nous restons un moment dehors. Nous écoutons le vent dans les arbres, les derniers chants d'oiseaux, et observons le ciel se métamorphoser du rouge jusqu'au noir en passant par une multitude de nuances orangées. Quand la nuit vient, la voûte céleste s'habille d'une multitude de points brillants. Certains en grappe, d'autres solitaires. Nous observons en silence la Voie lactée, puis ma mère me raconte ce qu'elle voit.

– Tout là-haut, il y a Kitski Manitou, le grand esprit. Il est le souffle de la vie et pénètre partout sous la forme des vents, me raconte-t-elle.

– Et le dieu des chrétiens, il est où ?

J'ai du mal à comprendre que nous n'ayons pas tous le même dieu et, sur ce point-là, ma mère tente de me rassurer.

– Je pense que le dieu des chrétiens et Kitski Manitou ne font qu'un. Simplement, nous ne le nommons pas de la même manière, me dit-elle.

– Et si je veux parler au grand esprit, comment je fais ?

– Dis ta prière à l'oreille d'un oiseau et il volera jusqu'à lui...

Nos plus grandes richesses ne nous appartiennent pas, mais elles sont éternellement à portée de nos mains.

J – 58 (17 H 30)

La luminosité baissait, le vent se levait et une mauvaise électricité arrivait dans l'air. Était-ce à cause de la présence des chasseurs qui écorchaient et tannaient la peau du jeune orignal près de nous ? Ou à cause de l'ambiance tendue entre Gabriel et moi ? Pourtant, après notre mise au point un peu brutale, nous avions fini par trouver un bon rythme et avions peu à peu remis la cabane en état...

La dernière planche clouée, nous descendîmes de notre perchoir en évitant soigneusement de regarder du côté des chasseurs. Samson, qui n'était pas loin, nous entraîna aussitôt à l'écart. Il semblait sur ses gardes, mais il nous offrit à chacun une grande tasse de café brûlant et bien sucré. Avec le froid ambiant, ce breuvage réconfortant était bienvenu. En plus de nous réchauffer, il nous donnait l'énergie d'affronter la bonne heure de marche qu'il nous restait à parcourir jusqu'au pensionnat.

– Je vous laisse rentrer sans moi ce soir, nous apprit-il, nous laissant un instant sidérés.

En dix années, c'était la première fois que Samson nous proposait de faire le chemin du retour sans lui. Après tout, en étant libres un mois plus tard, nous n'avions plus aucun intérêt à nous enfuir. Sans compter que nous étions bien trop épuisés et affamés pour réussir une quelconque évasion... De peur qu'il ne change d'avis, nous ne répondîmes rien et nous mîmes immédiatement en marche.

Le vent, glacé et cinglant, souffla sur nous continuellement. Mes pieds et mes mains me brûlaient et mon ventre était tellement vide que j'avais l'impression que j'allais m'envoler. Devant moi, Gabriel se traînait lui aussi. Il devait être à peu près dans le même état que moi. Pourtant, je suis prêt à parier que lui aussi appréciait ce moment. C'était quand même quelque chose de marcher seuls dans la forêt ! Un peu comme un avant-goût de notre liberté à venir...

Je commençais à peine à me mettre ces idées de liberté en tête quand je vis Gabriel sursauter. Et pour cause : Séguin marchait un peu plus loin. De dos, sa démarche boiteuse et son dos voûté lui donnaient l'aspect d'un vieillard précoce, et son costume noir le faisait ressembler à un oiseau de mauvais augure... Je l'avais déjà vu sortir se promener dans les bois, mais c'était la première fois que je le croisais. Comme il était assez loin devant, nous ralentîmes le pas pour lui laisser prendre de l'avance. Je n'étais pas sûr que Samson avait le droit de nous accorder ce moment et je ne voulais pas que la Vipère nous voie rentrer sans escorte...

Nous ne retrouvâmes pas Séguin à la porte du pensionnat. Ce fut sœur Clotilde qui nous ouvrit en hâte. Le visage tendu, elle nous demanda de nous dépêcher de rentrer et, sans autre explication, elle-même se mit pratiquement à courir. À l'intérieur, nous fûmes surpris de trouver des groupes d'élèves en train de chuchoter. La moitié des pensionnaires semblaient confinés dans le hall. Une angoisse mêlée d'excitation se lisait sur leurs visages.

– Qu'est-ce qui se passe ? demanda Gabriel à un Inuit d'une douzaine d'années.

– Trois garçons se sont enfuis !

– Avec cette tempête ? C'est qui ?

– Des nouveaux... Tout le monde pense qu'ils sont morts, mais on espère quand même qu'ils ont réussi !

La voix de Séguin les coupa.

– Par ce temps ! Ils sont partis par ce temps ! Je ne comprendrai jamais ces sauvages ! JAMAIS ! hurla-t-il en traversant la pièce.

Le prêtre avait l'air étonné. En prenant l'escalier pour rejoindre le dortoir, je me disais qu'en vérité, ce genre de choses arrivait relativement fréquemment. Souvent, c'étaient les nouveaux qui ne supportaient pas les mauvais traitements. Mais parfois des anciens, à bout, tentaient aussi le coup. À cause du froid, la plupart revenaient rapidement, ventre à terre, tout en sachant qu'ils se feraient sévèrement punir. Le châtiment était toujours le même : Séguin les enfermait dans cette pièce souterraine que nous nommions la « Geôle », sans que la plupart d'entre nous y ait jamais mis les pieds... Pour dissuader les candidats à la fuite, une histoire en particulier se transmettait aux nouveaux arrivants. Quelques années auparavant, un garçon avait réussi à passer trois jours et trois nuits dehors, mais les chasseurs l'avaient trouvé et ramené salement amoché. Séguin avait raconté qu'il avait été attaqué par un ours, mais beaucoup avaient douté de cette version des faits. Car un ours qui attaque ne laisse pas beaucoup de chance de survie. Enfin bref, la Vipère l'avait enfermé dans la Geôle un peu trop longtemps et il en était ressorti docile et silencieux. À partir de ce moment-là, tous avaient associé la Geôle à l'Enfer dessiné sur la fresque : un endroit glacé où on souffrait en continu, ultime traitement pour achever de « tuer l'Indien dans l'enfant » chez les plus récalcitrants...

– Vous croyez qu'ils vont les retrouver ? demanda le numéro cinquante-quatre, un garçon d'une dizaine d'années qui partageait mon dortoir.

– Ça m'étonnerait ! À cause du vent, les chiens pourront pas les pister ! répondit le numéro cinquante-trois, un poil plus âgé.

– Moi je pense qu'ils peuvent s'en sortir. Y a encore du vent, mais il neige plus ! s'exclama la voix fluette du plus petit, dont j'avais oublié le numéro.

– Quoi qu'il arrive, ils sont foutus, murmura Gabriel, la mine sombre.

Les autres firent comme s'ils ne l'avaient pas entendu. Pour ma part, je me contentais de les écouter en changeant les draps de mon lit. Moi aussi, j'avais déjà pensé à l'évasion. Je savais qu'il fallait traverser la rivière, puis marcher vers le sud pour refaire le trajet jusqu'à l'endroit où le camion nous avait déposés. D'après mes calculs, il y avait, en tout, environ deux jours de marche à travers la forêt avant de tomber sur les rails. Sans argent, on n'avait d'autre choix que de monter en clandestin, se cacher dans un wagon de marchandises, ne pas se faire repérer et tenter de descendre au bon endroit…

Un jour, j'avais posé la question au père Tremblay et il m'avait répondu que le train passait entre une et deux fois par semaine. Il s'enfonçait dans la forêt en direction du nord, ce qui n'était pas ma destination. Mais j'avais appris depuis que, en descendant à la gare suivante, on pouvait prendre un train dans l'autre sens pour redescendre vers le sud.

Mon sud.
Ma forêt.
Ma « maison ».
Et Stella…

J – 58 (18 H 10)

Ceux qui partageaient mon dortoir sortirent dans le couloir pour se rendre aux douches et faire la courte toilette réglementaire d'avant le dîner. Ils ne prirent pas la peine de me demander pourquoi je ne venais pas avec eux. Ça faisait longtemps qu'ils n'essayaient plus de communiquer avec le numéro cinq et je ne m'en plaignais pas.

Enfin seul, je m'accordai un long soupir et fermai les yeux. J'avais besoin de ces moments de solitude. Même brefs, ils me régénéraient.

Assis sur mon lit impeccablement tiré, j'éprouvai de la douleur dans les muscles de mes bras et de mes jambes. Le pire, c'étaient les pieds. J'avais l'impression qu'un millier d'aiguilles me transperçaient les orteils. J'enlevai mes chaussettes et constatai que deux d'entre eux étaient tout blancs. Je les massai doucement pour les recolorer avant de trouver la chaussette coupable.

– Encore un trou ! râlai-je en fouillant le fond de ma besace.

J'en sortis une petite pochette en carton que j'ouvris précautionneusement. Elle contenait une aiguille et une bobine de fil noir que le père Tremblay m'avait données quelques années auparavant. Ce genre de détail me rappelait à quel point sa présence me manquait. Le cœur lourd, je tirai un fil et l'enfilai dans le chas, mais mon mouvement resta un instant suspendu dans les airs.

Soudain, je voyais parfaitement qui étaient les gamins qui s'étaient enfuis !

Des petits nouveaux qui avaient passé un premier mois particulièrement difficile. Plus foncés que la moyenne, on leur avait plusieurs fois nettoyé le visage à l'eau de javel pour tenter de les éclaircir un peu. Nous connaissions tous les effets secondaires de ce traitement : yeux rouges, démangeaisons nocturnes et peau qui pèle...

L'horreur.

Sans parler de la suite : les gamins s'étaient mis à hurler dans leur langue et les sœurs leur avaient nettoyé la bouche avec du savon jusqu'à leur donner envie de rendre leur déjeuner. Avaient suivi les moqueries des autres pensionnaires... Car, de plus en plus souvent, les Inuits se dressaient contre les Cris, les grands contre les petits, les pâles contre les foncés, et tous reproduisaient sur les nouveaux les sévices qu'eux-mêmes avaient subis dès leur arrivée.

Constater ce genre de comportement renforçait mon souhait de rester à l'écart des autres, quoi qu'il arrive...

Je finis de passer le fil dans l'aiguille et formai un nœud à son extrémité. Ce qui avait certainement achevé les petits, c'étaient ces enterrements temporaires suite à la grippe. Les sarcophages glacés conservaient les corps, en attendant le dégel qui n'allait plus tarder. Mais, lorsque le soleil frappait le sol sous un certain angle, ceux qui jouaient dans la cour pouvaient deviner les silhouettes bleutées qui se cachaient sous la couche de glace...

– Je hais Séguin ! JE LE HAIS !

Armée d'une serpillière et d'un seau rempli d'eau chaude, Lucie venait d'entrer dans le dortoir.

– Il est débile ou il le fait exprès ? Il ne voit pas tout ce qui peut nous donner envie de nous enfuir de cet enfer ? me demanda-t-elle en se mettant à passer vigoureusement la serpillière sous mon lit.

Je fis signe à Lucie de se taire.

– Je m'en fiche qu'il m'entende ! J'espère que ce monstre rôtira un jour en enfer !

Pendant un instant, j'imaginai le prêtre emmanché sur une gigantesque broche, le diable en personne tournant délicatement la manivelle. Cette image m'arracha un sourire.

– Ah ! Tu vois ! Tu es d'accord avec moi ! s'exclama Lucie en pointant son index sur moi, et un rire cristallin s'échappa de sa gorge.

Je jetai un œil à ma montre. Il était déjà dix-huit heures vingt.

– Dépêche-toi de finir ! On est presque en retard.

– Je m'en fiche.

– Non, tu t'en fiches pas, Lucie. J'ai bien vu que Séguin en a après toi en ce moment...

Elle ne répondit pas, mais son regard s'éteignit.

– Allez, vas-y ! Je pars deux minutes après toi. Si la Vipère nous voit arriver ensemble, tu peux être sûre qu'il nous le fera payer, lui dis-je en renfilant rapidement ma chaussette.

Je sautai dans mes bottes au moment où la cloche d'appel de la chapelle se mit à sonner. C'était le signal d'urgence. Lucie s'arrêta à la porte du dortoir et se retourna vers moi.

– Tu crois qu'ils les ont retrouvés ? me demanda-t-elle, la voix légèrement cassée.

– Allons vite voir !

J – 58 (18 H 25)

En général, les réunions d'urgence se faisaient au réfectoire ou à la chapelle mais, cette fois, sœur Marie-des-Neiges nous poussa dehors, non loin des tombes glacées. Nous étions une cinquantaine, inquiets et grelottants. Les deux autres sœurs et le prêtre se tenaient debout face à nous.
– Est-ce que tout le monde est là ? demanda la Vipère.
Sœur Marie-des-Neiges acquiesça. Le père Séguin marqua un temps, puis reprit d'un air exalté :
– Regardez bien, mes enfants ! Voilà ce qui arrive aux imprudents qui tentent de s'enfuir de notre maison...
Le prêtre et les sœurs s'écartèrent et un murmure horrifié parcourut l'assemblée. Les plus petits se mirent à pleurer. Arrivé avec les derniers, je jouai des coudes pour aller voir ce qu'il se passait.

Les trois enfants recroquevillés sur le sol, tremblants.
Leurs mains et leurs pieds gelés. Leurs visages tuméfiés.

– Ces idiots survivent à une épidémie de grippe et, juste après, ils font quoi ? Ils s'enfuient dans la tempête... alors qu'ils ont un toit et de la nourriture ! Vous trouvez ça intelligent ? demanda Séguin, qui ne semblait pas pressé de soulager leur souffrance.

– NON ! répondirent les pensionnaires en chœur.

Pour laisser le temps à ses paroles d'infuser dans tous les crânes, le prêtre se tut un moment. Le vent glacé qui fouettait nos visages semblait nous enjoindre de nous réveiller, de nous révolter, mais nous ne bougions pas... Puis, secouant gravement la tête, Séguin ajouta :

– Si les chasseurs ne les avaient pas trouvés, ils seraient morts à l'heure qu'il est ! On vous a pourtant assez répété à quel point on est loin de tout ici ! Vous savez que vous n'avez AUCUNE CHANCE de vous enfuir, n'est-ce pas ?

– OUI PÈRE SÉGUIN ! AUCUNE CHANCE !

De mon côté, je mimais les réponses demandées sans qu'aucun son ne sorte de ma bouche. Près de moi, Lucie serrait son petit frère contre elle. Je vis que ses bras tremblaient de colère. Brusquement, elle explosa :

– C'est de la torture ! Rentrez-les au chaud et soignez-les !

Sidérés, tous les visages se tournèrent vers elle. Fière et droite, elle fixait la Vipère avec cette haine qu'elle avait exprimée un instant plus tôt dans le dortoir et que, visiblement, elle ne parvenait plus à masquer. Les lèvres serrées, le prêtre posa sur Lucie un regard si malsain qu'elle finit par baisser les yeux. Tandis qu'un léger sourire arquait les lèvres trop fines de Séguin, je sentis mon cœur se glacer d'angoisse...

J – 58 (22 H 00)

Les trois gamins furent soignés sommairement, puis enfermés dans la Geôle pour un temps indéterminé. Recroquevillé sous ma couverture, j'imaginais ce qu'ils devaient endurer et je n'arrivais pas à trouver le sommeil. Nous savions tous que ce traitement pouvait leur coûter la vie, mais nous n'avions rien dit. Seule Lucie avait fait preuve de courage. Mais en parlant pour nous tous, elle avait pris le risque de subir le même sort qu'eux...

Étendu sur mon matelas, je me sentais mal, honteux même. Mes muscles, incapables de se mettre au repos, se contractaient par vagues.

Pour me détendre, je tentais de visualiser la forêt. Sans résultat.

Mes pensées revenaient sans arrêt vers les corps inertes que j'avais dû glisser sous la glace. J'avais le sentiment que je ne supporterais pas de nouveaux morts. J'étais persuadé que, si ces trois gamins mouraient à leur tour et qu'il fallait les enterrer, je deviendrais fou...

À vingt-trois heures, il me sembla que le pensionnat lui-même avait perdu plusieurs degrés. Frissonnant, je serrai davantage les plis du rectangle de laine autour de moi et, peu à peu, la tiédeur revint timidement. Cette amorce de chaleur me donna le désir d'être projeté deux mois plus tard, loin, très loin de cet endroit. Bien plus au sud, là où je retrouverai Stella.

Il fait beau. Nous remontons le courant en canoë. À nos pieds gisent quatre belles truites fraîchement pêchées.

– J'ai envie de préparer un repas de fête pour nos mères ! Je vais faire cuire ces poissons avec des herbes parfumées ! s'exclame soudain Stella.

Je suis embêté par sa proposition. Sa mère habite la réserve et je ne veux pas y aller. Je sais qu'il est dangereux de traîner là-bas et, après avoir observé cet endroit depuis une cachette, j'ai décidé que je le trouvais très laid. Il se résume à une piste pelée qui traverse un grand carré sur lequel s'élèvent de vilaines baraques. Il n'y a pas d'arbres, pas de végétation, comme s'ils avaient désherbé le sol avant de planter dessus leurs cubes de bois et de ferraille.

– On ne peut pas venir à la réserve. Tu viendras cuisiner chez nous.

– C'est vrai, Jonas ? Tu veux bien que maman vienne aussi ?

– *Oui, mais elle ne devra pas parler de nous aux autres !*

– *Bien sûr ! Tu sais, je déteste la réserve moi aussi... Les autres ne m'aiment pas parce que ma mère m'a fabriquée avec un Blanc. Pour eux, je suis une...* « *pomme* », *me confie-t-elle brusquement en poussant plus fort sur la perche.*

– *Une pomme ?*

– *Rouge à l'extérieur et blanche à l'intérieur !*

– *Eh ben moi, j'aime beaucoup les pommes ! Les pommes, c'est beau et c'est bon ! je réponds joyeusement, avant de la pousser dans l'eau fraîche.*

Riant aux éclats, elle m'attire à son tour dans la rivière et nous jouons longtemps à nous éclabousser...

Plus tard, j'avais compris que la mère de Stella passait ses journées à boire et que l'alcool avait le pouvoir de délier les langues. Sachant cela, depuis mon départ vers le pensionnat, je n'avais jamais cessé de me demander si c'était elle qui avait parlé de notre campement à l'agent indien...

J – 54

À l'intérieur du pensionnat, l'ambiance était de plus en plus lugubre. Les trois gamins étaient toujours enfermés au sous-sol et personne ne savait s'ils étaient encore vivants. Dehors, le vent hurlait si fort qu'il évoquait des dizaines et des dizaines de fantômes. Les petits montraient ouvertement leur peur. Les grands et les moyens n'en menaient pas large non plus. Un peu avant l'heure du réveil, j'avais entendu ceux de mon dortoir murmurer leurs pires craintes dans le noir.

– Tu crois que la Vipère va les laisser mourir ?

– On le saura bientôt...

– Il paraît qu'il leur a fait des choses et que c'est pour ça qu'ils ont décidé de partir.

– Moi, plus ça va, plus j'ai peur de jamais partir d'ici !

– Ouais, moi aussi ! Mais qu'est-ce qu'on peut faire ?

Partout, la tension montait. Afin de calmer un peu les esprits, Séguin annonça à la fin du petit-déjeuner qu'il nous accordait une journée exceptionnelle de repos. L'annonce faite, les sœurs disparurent aussitôt dans leurs chambres. De notre côté, nous devions encore assurer nos corvées de ménage. Mais une fois ces tâches accomplies, on avait le droit de faire à peu près ce qu'on voulait. Dans l'enceinte du pensionnat, cela allait sans dire.

Dix heures trente. Posté à l'une des fenêtres du dortoir, j'observais l'enclos qui nous servait de cage. Le haut grillage délimitait un rectangle dépourvu de toute végétation. Je me sentais las et désemparé. En dehors du jour de Noël, nous n'avions jamais droit à ce genre de « pause » et, finalement, je trouvais cette semi-liberté pire que ma routine... Ce que j'aurais voulu, c'est me tenir debout au milieu des arbres sans avoir à les couper. Emplir mes narines de leurs multiples essences. Apaiser mon cerveau en écoutant attentivement les bruissements de leurs feuillages.

Mais c'était impossible.

Que faire alors ?
Passer mon temps à dormir ? Non.
Repriser mes vêtements ? Déjà fait.

En manque d'inspiration, je sortis tout de même dans la cour. Le ciel était gris et le vent coupant sur les pommettes, de sorte que la plupart des pensionnaires avaient préféré rester à l'intérieur. Face à moi se trouvait la remise, entourée de montagnes de bûches sur lesquelles s'amusaient à grimper trois gamins. Sur ma droite, le potager où nous faisions pousser quelques rangs de navets et d'oignons n'était encore qu'un énième carré de glace. J'hésitai sur la direction à prendre et effectuai finalement le tour du bâtiment.

De l'autre côté, j'étais censé rejoindre la cour de récréation. Le problème, c'était que le cimetière prenait pratiquement toute la place désormais ! Les vraies tombes étaient loin sous la couche de glace tandis que les tombes éphémères s'épanouissaient juste sous mes pas. Je pouvais sans peine imaginer les visages encore intacts, tournés gravement vers le ciel... Plombé, je fus heureux de voir Lucie, accroupie un peu plus loin en compagnie de son petit frère. Elle lui tendait de petits objets qu'il déposait avec soin sur les sarcophages de glace. Je me dépêchai de les rejoindre, curieux de savoir ce qu'ils faisaient.

– Hier soir, j'ai gravé des messages sur des écorces. C'est pour les accompagner dans leur voyage, m'expliqua-t-elle.

Je constatai que ses yeux vifs avaient retrouvé toute leur chaleur et cela me fit un bien fou.

– Il vaudrait mieux que Séguin ne te voie pas faire, lui conseillai-je.

– Oublie un peu la Vipère ! répondit-elle d'un air farouche avant d'ajouter : De toute façon, on a terminé ! On va faire un jeu maintenant ! Tu joues avec nous ?

J'hésitai.

– Allez ! Tu peux bien t'amuser un peu ! Tenant sa main, son petit frère attendait lui aussi ma réponse. Mais je me sentais gourd et déjà trop grand pour ce genre de choses.

– Ça fait tellement longtemps... Je ne sais pas si je saur...
– Mais si ! En plus, jouer à cache-cache à deux, c'est pas drôle ! me coupa-t-elle, tout excitée.

À chaque fois que Lucie me souriait, c'était magique. Instantanément, mon environnement se modifiait. Déjà, le ciel me semblait moins gris et le froid moins cinglant.

– S'il te plaît, numéro cinq ! En plus, tu pourras calculer le temps que ma sœur met à nous trouver grâce à ta montre, ajouta son petit frère en lorgnant avec envie mon poignet.

– Bon, peut-être que je pourrais...
– Mais oui tu peux ! On est vivants là ! s'exclama-t-elle en tournant soudain sur elle-même comme une toupie.

Lucie avait raison. Sous nos pieds, des corps froids gisaient, immobiles à jamais. Des corps trop jeunes. Des corps qui ne pourraient plus jamais jouer à cache-cache. Des corps qui, pour certains, avaient tout comme moi fantasmé leur retour chez eux à l'été mais qui ne rentreraient jamais...

– D'accord ! m'entendis-je articuler.

Lucie me gratifia d'un large sourire. Tout de suite après, elle plaqua ses mains sur ses yeux et se mit à compter.

85

– 20, 19, 18, 17...

Je pris une ample inspiration, saisis la main de son petit frère et courus me cacher avec lui derrière la chapelle.

Finalement, je passai un si bon moment à jouer avec eux que, la nuit suivante, mes songes furent un peu plus doux...

SOUVENIR HEUREUX

C'est la veille de mon départ pour le pensionnat, mais je ne le sais pas encore. Stella et moi grimpons dans un arbre. Assis sur une branche, nous attendons le passage d'un ours qui aime venir se faire les griffes un peu plus loin. Notre poste de guet est idéal, suffisamment loin pour que l'ours ne se sente pas menacé par notre présence et suffisamment près pour bien le voir. Mais j'ai passé une mauvaise nuit à m'inquiéter de l'état de santé de ma mère et j'ai du mal à profiter du moment. Je suis sûr que Stella a remarqué mes traits tirés. Seulement, elle a autre chose en tête.

– *Ouvre ta main, me demande-t-elle.*
J'obtempère. Me souriant, elle dépose dans ma paume un morceau de cuir sur lequel elle a cousu un joli coquillage nacré.
– *Qu'est-ce que c'est ? je demande en caressant du bout du doigt la coquille tiédie par les rayons du soleil.*

– *C'est nous. Cet été. Ce moment... Je l'ai fabriqué pour toi Jonas...*

Je me sens bizarre, un peu comme si je flottais. J'ai des papillons dans le cœur et ils se déploient dans tout mon corps, jusque dans ma tête. C'est la première fois qu'une fille me fait un cadeau et ce n'est pas n'importe quelle fille...

– Relève tes cheveux s'il te plaît, me demande-t-elle d'une voix aussi douce que du miel.

Pendant que, à l'aide d'une cordelette de cuir, elle noue le bijou autour de mon cou, je sens mon cœur battre plus fort. Il emplit ma poitrine d'une chaleur irradiante qui me monte aux joues.

– Retourne-toi maintenant !

Je plonge mes yeux dans les siens et les larmes montent, sans prévenir.

– Que se passe-t-il, Jonas ?

– Je suis tellement heureux quand je suis avec toi, Stella... Mais je ne sais pas quoi faire de tout ce bonheur, parce que je suis aussi tellement malheureux pour ma mère...

Stella caresse ma joue et essuie mes larmes au passage. Je me sens un peu honteux de pleurer devant elle, mais le contact de ses doigts est si doux sur ma peau que je me laisse faire.

– Raconte-moi.

– Ça fait trois jours qu'elle ne s'est pas levée, je lui confie, le regard perdu au-dessus de la canopée.

Elle garde un moment le silence, puis tout à coup elle s'exclame :
— Je sais ce qu'on va faire !
— Quoi ?
— Lorsque mon grand-père a attrapé la grippe, on lui a construit une tente de sudation ! Il est entré dedans et en est ressorti guéri ! On va en construire une à ta mère !
Mon regard s'habille d'un espoir tout neuf.
— Tu sais comment il faut s'y prendre ?
— Bien sûr ! s'exclame-t-elle en descendant de l'arbre en crânant.
— Mais... et l'ours ?
— L'ours reviendra. La tente, c'est beaucoup plus urgent ! Viens !
Malheureusement, nous n'aurons ni le temps de construire la tente, ni celui de revenir attendre le passage de l'ours...

Allongé dans le noir, je palpai la base de mon cou. Ça faisait bien longtemps que je ne portais plus le collier que Stella avait fabriqué pour moi. Bizarrement, sœur Clotilde ne me l'avait pas ôté le jour de mon arrivée, mais un peu plus tard, juste après ma première confession. Même si je préférais ne pas trop y croire, je me demandais toujours si elle ne l'avait pas conservé quelque part...

J – 53

La journée du lendemain passa comme dans un rêve. Je n'avais aucune envie de me confronter au réel et je pris un soin tout particulier à rester plongé le plus longtemps possible dans mes songes de la nuit.

En fin d'après-midi, le réveil fut brutal.

Sœur Clotilde me chargea de trancher et de débiter les morceaux de la carcasse d'orignal que les chasseurs avaient livrée un peu plus tôt. Au départ, le contact de la chair glacée fut difficile. Je pensais aux corps enterrés sous la glace et ça me soulevait le cœur. Heureusement, en naviguant dans mes souvenirs anciens, je parvins à me rappeler des moments où je préparais la viande avec ma mère. À partir de là, cela devint beaucoup plus facile. Répétant un ancien réflexe, je récupérai même quelques tendons pour les mettre à sécher sous mon lit. Un peu plus d'un mois plus tard, quand je quitterais le pensionnat et que je devrais me nourrir par moi-même, ils pourraient m'être utiles...

Une fois que tous les morceaux furent coupés en dés et placés dans les grandes cocottes, je pensai aussi à remercier l'animal qui nous offrait sa chair.

Lorsque nous passâmes à table, un orage se mit à gronder dehors. Les bourrasques produisaient des sifflements si aigus qu'ils m'évoquèrent une armée de fantômes en marche. Je secouai la tête et me concentrai sur les minuscules morceaux de viande qui flottaient dans mon assiette. Comme d'habitude, les sœurs s'étaient gardé les plus gros morceaux... De mon côté, je n'avais pas vraiment réussi à manger depuis la veille et j'avais une faim de loup ! Je levai mon assiette, l'approchai de mes lèvres et en avalai le contenu d'un seul coup. La maigre portion tomba dans mon estomac, insuffisante.

Chose rare, la soupière était restée sur la table. Comme le père Séguin et les sœurs regardaient ailleurs, j'en profitai pour en reprendre un peu.

– Regardez, mon père ! Numéro cinq vient de se resservir de la soupe !

La louche encore en main, je fusillai Gabriel du regard. Visiblement fier de lui, il m'observait de haut.

– Tu es jaloux, numéro quarante-deux ? Tu veux deux portions toi aussi ? lui demanda Séguin en fixant ses yeux vert d'eau sur lui.

En un instant, le regard de Gabriel passa de celui de la victoire à celui de la terreur. Ses lèvres se mirent à trembler légèrement. Était-ce un piège ou la Vipère était-elle simplement dans un bon jour ? Après tout, ce dernier nous avait bien accordé une journée de pause la veille...

– Alors, numéro quarante-deux ? J'attends ta réponse, veux-tu une autre portion ou pas ? répéta le prêtre d'un ton neutre.

– Euh... oui... je veux bien.

La Vipère sourit.

Mauvais choix...

– D'accord, mais l'as-tu *méritée* ? Numéro cinq a entretenu la chaudière tout l'après-midi et aidé à préparer notre repas. Et toi, qu'as-tu fait aujourd'hui ? lui demanda-t-il en appuyant le pommeau de sa canne contre la poitrine du jeune garçon.

– J'ai... j'ai rangé la remise, répondit ce dernier en grimaçant.

– Oh ! Tu as rangé la remise ? C'est bizarre, j'y suis allé tout à l'heure et elle était exactement dans le même état qu'hier. Tu n'as pas dû beaucoup te fatiguer !

– Eh bien je...

Soudain, Séguin lui assena un violent coup de canne sur la poitrine. Et pendant que Gabriel se pliait en deux, il se tourna vers les autres pensionnaires et demanda d'une voix forte :

– Pensez-vous que le numéro quarante-deux ait mérité une deuxième portion ? demanda-t-il en secouant lentement la tête, mimant la réponse qu'il désirait.
– NOOOOON ! répondirent les autres à l'unisson.
– Et voilà ! La vérité sort de la bouche des enfants !
– Mais je...
– Tu oses encore me répondre ? Dans ce cas, demain, tu donneras ta part à numéro cinq !
Voilà, le mal était fait. Gabriel me lança un regard carrément haineux. Dehors, le tonnerre gronda et j'eus l'impression qu'il faisait écho à sa colère.

J – 48 (9 H 00)

Cette nuit-là, le vent cessa brutalement et un silence imposant le remplaça. Chaque année, c'était plus ou moins la même chose. Bientôt, la glace commencerait à fondre et la hausse des températures produirait un brouillard quasi permanent qui annoncerait l'arrivée d'un printemps éclair, puis de l'été tant attendu.

Neuf heures. Le deuxième dimanche de chaque mois, tous les pensionnaires devaient former deux files, une de garçons et une autre de filles, et attendre leur tour pour entrer dans le confessionnal. Une fois à l'intérieur, il fallait confier ses péchés et dire des prières pour se faire pardonner.

Se faire pardonner quoi ?
Eh bien, il y a toujours une raison.
Et s'il n'y en a pas, il faut en trouver une...

Comme la plupart d'entre nous, je détestais entrer dans le petit box en bois et me mettre à genoux devant le prêtre. Je détestais l'œil brillant de Séguin et sa voix mielleuse qui nous imposait de réciter plusieurs prières dans la journée, je haïssais son front blanc et moite et ses doigts trop longs qui caressaient lentement le pommeau argenté de sa célèbre canne. Aussi me sentis-je soulagé lorsque sœur Clotilde nous cria :

– Ce mois-ci, la confession des garçons sera décalée une semaine après celle des filles ! Les garçons, vous vous rendez en classe !

– J'aurais préféré le contraire, me souffla Lucie qui n'était qu'à quelques centimètres sur ma gauche.

Je ne répondis rien. Si j'avais pu, j'aurais pris sa place ce jour-là, mais les autres garçons quittaient déjà la pièce, m'entraînant malgré moi dans leur mouvement. Tandis que je m'éloignais, elle lança un regard rempli d'angoisse en direction de la porte, comme si le simple fait de la regarder avait pu l'autoriser à filer.

Comme d'habitude, le cours d'histoire me mit en colère. Lorsque le père Tremblay s'en chargeait, je pouvais trouver ça intéressant, mais les cours de sœur Clotilde semblaient uniquement destinés à faire naître en nous un sentiment de haine à l'égard de nos ancêtres ! Elle nous serinait avec la prétendue violence de nos anciens, qu'elle appelait à tout bout de champ « les sauvages », et nous montrait des photos de victimes et de prêtres égorgés ou scalpés...

Quand le cours se termina à dix heures trente, je bouillais intérieurement. Le cœur rempli d'une violente irritation, j'empruntai d'un pas vif le couloir qui menait au réfectoire. Il me tardait que le déjeuner soit terminé pour aller me défouler dans les bois ! Mais je croisai bientôt Lucie. Elle courait en direction des escaliers en cachant son visage derrière son bras. Je l'arrêtai dans sa course et lorsqu'elle tourna son visage vers moi, mon cœur s'accéléra.

– Que se passe-t-il, Lucie ?

Sa bouche se mit à trembler, mais elle ne prononça pas un mot. Affolé, je jetai un œil aux environs, puis l'attirai dans un petit couloir adjacent. Une fois à l'écart, je tentai de la rassurer :

– N'aie pas peur... Dis-moi ce qui ne va pas...

Toujours muette, elle plissa les paupières et de grosses larmes roulèrent sur ses joues rebondies, avant d'aller s'écraser sur le parquet. Là, elles formèrent bientôt une myriade de petits points noirs et brillants sur le sol. Je m'agenouillai pour me mettre à sa hauteur, la pris par les épaules et cherchai son regard.

– On n'a pas beaucoup de temps. Je t'en prie, parle-moi !

Elle frotta le sol avec la pointe de sa chaussure, comme pour tenter d'y effacer ses larmes. Sa lèvre inférieure se mit de nouveau à trembler et je remarquai qu'elle était légèrement entaillée.

– Lucie ?

– JE VEUX QUE TU LE TUES ! cracha-t-elle enfin, les yeux brusquement remplis d'une colère noire.

– Qui ça ? demandai-je, surpris par sa violence soudaine.

– La Vipère ! TUE-LE !

– Pourquoi ?

– PARCE QUE !

– Attends... Ne parle pas si fort !

– JE M'EN FICHE QU'ILS M'ENTENDENT !

– Calme-toi... Il faut que tu m'expliques !

Lucie se mordit la lèvre et lécha le sang qui était en train de coaguler. Écœurée par la saveur métallique, elle grimaça, avant de me répondre d'une voix tremblante de désespoir :

– Quand je suis arrivée ici, ils m'ont coupé les cheveux, ils m'ont mis un produit anti-poux qui faisait mal aux yeux, ils ont brûlé les vêtements que ma mère avait cousus et ils m'ont forcée à en porter d'autres sans âme... mais j'ai continué de sourire.

En l'écoutant, me revint en tête ce moment terrible, où on m'avait fait asseoir sur un tabouret et où sœur Marie-des-Neiges était venue me couper les cheveux pour la première fois. Impuissant, j'avais regardé mes longues mèches tomber par terre les unes après les autres et, dans le flou de mes yeux remplis de larmes, j'avais cru voir des sangsues s'accumuler autour du tabouret...

Emportée par l'émotion, Lucie se mit à hoqueter comme un bébé. Je voulus lui caresser le dos pour la calmer, mais elle me repoussa fermement.

– Ils m'ont interdit de parler ma langue, ils m'ont punie quand certains mots sortaient malgré moi de ma bouche et ils ont donné un numéro à toutes mes affaires : mes vêtements, mon lit, mes draps, mon pupitre et mon stylo ! Ils ont même donné un numéro à mon corps ! Mais... j'ai continué de sourire !

– Je sais tout ça, Lucie.

Elle secoua la tête.

– Ils m'ont donné une nourriture immonde, ils m'ont séparée de ma famille, ils m'ont mis un bonnet d'âne quand je n'apprenais pas assez vite... mais j'ai continué de sourire.

Elle se tut un moment, puis s'essuya rageusement les yeux.

– Mais cette fois, je peux plus ! Je veux qu'il meure ! En échange, je te donnerai ma part de repas, je volerai les biscuits des sœurs pour toi, je ferai tout ce que tu voudras !

Une grosse larme roula sur sa joue. Elle me fixait de ses grands yeux noirs, attendant ma réponse.

– Je ne peux rien faire si tu ne me dis pas ce qu'il t'a fait, Lucie...

– Non... Non... je ne te le dirai jamais, numéro cinq ! Jamais !

Numéro cinq ? Je ne lui ai donc jamais dit mon prénom ?

Accablé, je voulus rectifier ça tout de suite, mais une voix haut perchée nous interpella. C'était sœur Clotilde.
– Que faites-vous ici tous les deux ? Séparez-vous immédiatement et allez rejoindre les autres au réfectoire, avant que je vous prive de repas !

Lucie me lança un dernier regard implorant et, les épaules basses, nous nous exécutâmes en silence.

Arrivés dans la salle du réfectoire, le cœur aussi lourd que du plomb, nous rejoignîmes chacun notre table. Peu après, Séguin entra et nous imposa le silence d'un seul geste. Je le voyais remuer ses lèvres, mais je n'entendais pas ce qu'il disait. Les paroles de Lucie résonnaient douloureusement en moi et je n'osais pas encore imaginer ce que le prêtre avait pu lui faire...

Tandis que mes oreilles bourdonnaient, les cliquetis des couverts contre les assiettes se mirent à battre en rythme. L'estomac noué, j'attrapai mécaniquement ma cuillère et la remplis de bouillie blanchâtre. Mais, au moment où j'allais mettre cette cuillerée de gruau dans ma bouche, mon regard s'arrêta sur celui de Lucie. Assise deux tables plus loin, le visage blanc, droite comme un i, elle me fixait d'un air grave.

J – 48 (23 H 50)

Aux ombres mouvantes des arbres sur le mur qui faisait face à mon lit, je devinai que c'était pratiquement le milieu de la nuit. Incapable de dormir, je me tournais et me retournais sous ma couverture depuis des heures... Habituellement, le silence mêlé à l'obscurité permettait à mes pensées de dériver librement vers mon passé ou mon avenir. Mais cette nuit-là, les iris assombris de Lucie s'étalaient partout dans le noir.

Tue-le !

Ma poitrine semblait s'être recroquevillée sur ces deux mots, et une barre douloureuse m'empêchait de respirer normalement. Lucie n'avait pas répondu à la question que je lui avais posée, mais son regard avait été suffisamment explicite. Au cours de ces six années passées au pensionnat, j'avais entendu pas mal d'horreurs sur la Vipère et notamment qu'il aimait les filles autant que les garçons. Ayant eu la chance d'être épargné, peut-être simplement parce que j'étais un peu plus costaud que les autres, j'avais voulu oublier cette chose. Malheureusement, l'oublier ne l'avait pas fait disparaître...

Pas à Lucie... Pas Lucie... me répétais-je, tandis que ses yeux noirs me fixaient.

Faire justice ? Oui, mais comment ? Je savais bien que, quelle que soit la culpabilité de Séguin, ce serait nous, les Indiens, qui aurions tous les torts ! Quant à assassiner le prêtre, même si l'envie était là par moments, je savais déjà que j'en étais incapable. D'abord, je n'avais jamais tué d'être humain ! Lorsque mes flèches avaient pris la vie, elles n'avaient fait que transpercer la chair des animaux. De plus, c'était pour mon dîner, pas dans un but de vengeance ! Et puis, en admettant que je trouve un moyen de faire mourir ce démon, rien ne m'assurait que le prêtre qui le remplacerait serait meilleur que lui ! Dans tous les cas, cela n'effacerait pas ce qu'il avait fait subir à Lucie...

Mais alors, comment la protéger ?

C'était inextricable.

Mon cerveau brûlait de trouver une solution, mais j'avais l'impression que mes idées couraient dans tous les sens sans jamais trouver de réponse, comme si mon esprit était coincé dans un labyrinthe sans issue.

Pour résoudre une difficulté, il faut laisser ta tête se promener ailleurs... Va faire un tour ! me disait souvent ma mère.

À défaut de pouvoir aller faire un tour quand je le voulais, j'avais pris l'habitude de vagabonder par l'imagination. Cette nuit-là, j'avais bien du mal à me connecter aux arbres, alors mes pensées prirent d'autres chemins pour m'amener vers leurs racines.

Il paraît que les forêts marchent, m'avait un jour raconté ma mère. *Elles le font très lentement, c'est pour cela que les êtres humains ne s'en rendent pas compte. Elles avancent silencieusement, vers un but qu'elles seules connaissent...*

J'avais envie de partir avec elles et, en me concentrant de toutes mes forces, je crus bientôt entendre les branches pousser, les troncs croître et s'épaissir pour soutenir toute cette masse végétale. Je me mis à imaginer les racines qui plongeaient de plus en plus loin dans le sol pour aller y puiser l'eau et les matières organiques qui alimentaient la sève. Dans ces matières, se trouvaient les os et les esprits de mes ancêtres qui nourrissaient la terre depuis près de huit mille ans...

Est-ce que je suis un lâche, maman ? demandai-je aux ténèbres silencieuses avant de me laisser happer par leur confortable oubli.

J – 47

Le lendemain, je me réveillai fatigué et nauséeux. L'odeur aigre qui remontait de mon matelas me rappela que les tendons séchaient toujours sous mon lit. Ravalant une montée de bile, je décidai de les jeter plus tard, à l'abri des regards.

Une fois debout, les murs du dortoir me semblèrent plus gris et plus rapprochés que d'habitude, les fenêtres plus étroites. J'avais l'impression de manquer d'air. Quoi qu'il en fût, je devais vraiment avoir une sale tête parce que le numéro cinquante-trois me demanda :

– Ça va pas, numéro cinq ?
– Si si.
– On dirait pas ! Tu tousses pas au moins ?
– Non.
– Et t'as pas de ganglions ? insista-t-il.
– J'ai mal dormi c'est tout !
– OK... OK ... te fâche pas...

Dans un état de mal-être profond que je ne pouvais partager avec personne, traînant des pieds, je me contentai de suivre les autres jusqu'aux douches communes. J'espérais que l'eau soulagerait la tension qui s'était accumulée sous mon crâne et, après m'être rapidement déshabillé, je me dépêchai de me placer sous le jet. Comme d'habitude, l'eau était trop froide, mais ce jour-là cette fraîcheur me fit du bien. Le dos noué d'angoisse, je regardai les autres et remarquai que la plupart d'entre eux semblaient mal à l'aise, pressés de se rhabiller.

Combien ont souffert des goûts contre-nature de Séguin ? Pourquoi est-ce que c'est le père Tremblay, et pas Séguin, qui est mort de la grippe ? Il est où ce dieu de miséricorde dont ils nous parlent tous les jours ? me demandai-je en sentant grandir en moi un insupportable sentiment d'impuissance.

Comparé à la Vipère et aux sœurs, Tremblay était un homme bon, mais aurait-il fait quelque chose pour Lucie s'il avait été là ? Je n'en étais pas certain. Après tout, les sévices de Séguin ne dataient pas d'hier et, à ce que je sache, personne n'avait jamais rien fait pour l'arrêter. Le cœur vide, j'observais l'eau savonneuse qui s'écoulait dans la bonde. J'avais peur de ce qui allait se passer ensuite. Je ne me sentais pas la force d'affronter cette journée, ni les suivantes.

Je voulais que le temps s'arrête, m'offre un répit.

Comme ma tête se mettait à tourner, je me laissai lentement glisser jusqu'au sol. Assis sur le carrelage, la tête toujours sous l'eau froide, je me mis à fixer la traînée noire qui quadrillait le mur. C'était de la crasse, incrustée dans les joints des carreaux. Des joints noirs, je passai aux vitres embuées de la fenêtre et au ciel taché de gris. Et brusquement, j'eus l'horrible conviction que le soleil ne reviendrait plus jamais dans cet endroit...

– Ça va, numéro cinq ?

C'était la voix de Gabriel. Je tournai lentement mes yeux vers lui. Pour une fois, son expression était dépourvue de mépris. Il semblait sincèrement inquiet pour moi. Soudain, je pris conscience du silence alentour et de cette multitude d'yeux posés sur moi. Tous me regardaient, me fixaient comme s'ils me voyaient pour la première fois... Moi, le type qui ne partageait jamais ses émotions, le colosse que personne n'osait jamais déranger, je leur montrais soudain que je n'étais finalement qu'un pauvre gosse apeuré et impuissant... tout comme eux.

J – 47 (7 H 30)

À peine entré dans le réfectoire, mon premier réflexe fut de regarder la table de Lucie. Sa place était vide. Où pouvait-elle être ? Tandis que mon cœur s'accélérait, mon oreille perçut bientôt au milieu du brouhaha le son mat et régulier de la canne de Séguin sur le plancher.
– On peut savoir ce que tu fais, numéro cinq ? me demanda-t-il.
Je ne m'étais pas rendu compte que j'étais toujours debout devant la place vide de Lucie.
– Va t'asseoir ! aboya-t-il.
Me traîner jusqu'à ma table me demanda un immense effort. Mon esprit brûlait de colère, mais mon corps était comme engourdi.

Je suis plus fort que Séguin !
Je pourrais me jeter sur lui !
Je pourrais lui faire mal comme il a fait mal à Lucie !

Dès que je fus assis, la Vipère frappa trois fois le sol de sa canne et tout le monde se leva, tête basse et mains jointes pour la prière. Du coin de l'œil, je continuai à observer le prêtre. Il venait de remarquer que la place de Lucie était vide et ça avait l'air de beaucoup le contrarier. Pendant que nous priions en silence, je le vis s'approcher de sœur Marie-des-Neiges et lui chuchoter quelque chose à l'oreille. Cette dernière jeta un coup d'œil affolé vers la place de l'absente et sortit précipitamment de la pièce. Ensuite, le prêtre marmonna rapidement la prière du matin et nous donna l'autorisation de servir à manger. Je remarquai alors que les trois fugueurs étaient de service avec deux filles du dortoir de Lucie. Depuis quand étaient-ils sortis de la Geôle ? Je n'en avais aucune idée. En tout cas, ils faisaient peine à voir. Le bout de leur nez semblait avoir été dévoré par un wendigo et de terribles engelures commençaient à peine à cicatriser aux coins de leurs lèvres. Leurs gestes lents et leurs regards éteints montraient à tous qu'ils avaient parfaitement compris la leçon...

Quand une des copines de Lucie passa près de moi, je me dépêchai de lui tendre mon assiette.

– Tu sais où est Lu... euh, le numéro cinquante ? demandai-je à voix basse pendant qu'elle me servait une louche de gruau.

Elle suspendit son geste et jeta un regard anxieux en direction du prêtre. Je crus qu'elle allait me répondre, mais elle secoua la tête et s'éloigna pour poursuivre son service.

Presque au même moment, je fus soulagé de voir sœur Marie-des-Neiges revenir avec la pensionnaire disparue. Elle la tira par l'oreille jusqu'à sa table et la fit asseoir à sa place. Mais quelque chose n'allait pas. Lucie se laissait manipuler comme une poupée articulée. Ses cheveux mouillés dégoulinaient sur son gilet. La peau de son visage semblait translucide. Des cernes gris ourlaient ses grands yeux. Quant à sa bouche, bleuie par le froid, elle semblait s'être affaissée à jamais. Pour ne rien arranger, la Vipère vint se placer derrière elle et, pour la deuxième fois en peu de temps, il posa ses longues mains sur ses épaules.

Le cœur broyé d'angoisse, je vis blanchir ses phalanges, signe qu'il la serrait de plus en plus fort. Ensuite, il se pencha vers elle et lui murmura quelque chose à l'oreille. Cette chose, que j'aurais voulu entendre moi aussi, eut pour effet de faire rouler de grosses larmes sur ses joues. Une douleur traversa ma poitrine et mon cœur s'accéléra brutalement. Incapable de me contrôler, je me levai de mon banc et plantai un regard brûlant de fureur dans celui du prêtre. Les poings serrés, j'étais prêt à lui sauter dessus.

– ASSIS, NUMERO CINQ !

Je restai debout.

– J'ai dit ASSIS ! répéta-t-il plus fort.

Comme je ne bougeais pas, il lâcha sa proie, puis fit aller et venir ses mains sur le pommeau argenté de sa canne. La levant bien haut au-dessus de lui, il marcha d'un pas décidé dans ma direction. J'attendis que le coup tombe sans ciller, mais la canne s'abattit sur la table et explosa mon assiette encore fumante.

– Les chiens mal élevés n'ont pas le droit de manger ! décréta-t-il.

De toute manière, je n'aurais rien pu avaler.

J – 47 (8 H 00)

En sortant du réfectoire, je voulus rejoindre Lucie pour lui parler, mais sœur Clotilde s'interposa entre elle et moi. Juste après, elle appela Gabriel et nous commanda à tous les deux d'enfiler nos manteaux. Je n'y comprenais rien. La cabane était réparée et les coupes pratiquement terminées. Nous n'avions aucune raison d'aller sur le chantier à cette heure-ci ! Et le plus bizarre, ce fut que sœur Clotilde se sente obligée de nous expliquer ce changement...
– Ce sera bientôt la débâcle, Samson vous veut avec lui toute la journée, nous dit-elle avant de sortir la première dans le froid.

C'est bizarre, Samson ne nous a rien dit hier... D'ailleurs, il n'est même pas là pour nous escorter, constatai-je une fois dehors.

Tandis que la sœur sortait de sa poche la grosse clé jaune qui ouvrait le portail, je jetai un dernier coup d'œil vers les vitres des salles de cours. J'espérais y apercevoir Lucie, mais c'était peine perdue. Ce jour-là, les plaques de verre poli ne renvoyaient que le reflet vert foncé de la forêt.

– Dépêchez-vous un peu ! Je n'ai pas que ça à faire ! s'impatienta la sœur.

– Où est Samson ? osai-je demander.

– Il vous attend là-bas ! répondit-elle en désignant la forêt.

Son ton sonnait faux. J'étais certain qu'elle nous mentait, mais je ne comprenais pas pourquoi. Aussi, en entendant le cliquetis mat de la fermeture du portail, j'eus un mauvais pressentiment. Pour la première fois depuis longtemps, j'eus l'impression qu'on tentait de nous piéger à l'extérieur...

J – 47 (9 H 15)

Lorsque nous arrivâmes sur le chantier, comme je l'avais prévu, notre contremaître n'y était pas. Bella non plus. Nous étions seuls avec pour unique compagnie le grand silence blanc et, de temps en temps, l'écho du cri d'un rapace. Pour le travail, ce n'était pas un problème. Cela faisait tellement longtemps que je travaillais dans les bois avec Samson que je savais exactement ce qu'il nous aurait demandé de faire. J'en informai Gabriel. Et même s'il était de nouveau boudeur, il ne rechigna pas devant le travail à accomplir.

Après un couple d'heures à ébrancher et à former des fagots, Samson ne s'était toujours pas manifesté et mon corps réclamait à manger. Je sortis un bout de pain rassis que je gardais au fond de ma poche pour les coups durs et, avant de le porter à ma bouche, je le coupai en deux pour en donner un morceau à Gabriel.

– J'ai pas besoin de ton aumône ! aboya-t-il en envoyant le pain valser dans la neige.
– Qu'est-ce qui te prend ?
– C'était quoi tout à l'heure avec Séguin ? Tu l'énerves gratuitement comme ça ? Tu sais qu'il y en a d'autres qui vont payer pour toi ? Tu le sais ça ?

Jusque-là, il était resté silencieux, concentré sur ce qu'il avait à faire. Sa colère remontait d'un coup, et moi, j'avais brusquement envie de lui mettre mon poing dans la gueule. Ç'aurait été facile de défouler ma colère sur lui, mais je me serais trompé d'ennemi. Je me contentai donc de hausser les épaules et allai m'asseoir sur une grosse bûche. Pour me calmer, je me mis à mâchonner ma part, même si l'appétit n'était pas vraiment là.

Quitte à broyer du noir, autant broyer du bois mort, pensai-je en me relevant pour m'attaquer à un vieux tronc malade.

Au passage, je constatai que le morceau de pain n'était plus à l'endroit où il était tombé et j'en déduisis que Gabriel avait changé d'avis. À cette pensée, j'amorçai un léger sourire qui s'effaça complètement avec l'arrivée des chasseurs. Leurs chiens sur les talons, les quatre hommes vinrent s'asseoir sur les troncs que je venais d'abattre. Deux d'entre eux tenaient des bouteilles dans leurs mains. Ils empestaient l'alcool à deux mètres et ils s'en prirent tout de suite à Gabriel.

– Comme d'habitude, le mangeur de bannock est pas très doué, on dirait ! se moqua Moras avant de lever le goulot de la bouteille jusqu'à sa bouche.
– C'est parce qu'y a pas d'arbres là où il habite ! Y a que la banquise et les ours... comment on dit ? polaires ! fit un des deux jumeaux, peut-être Colas, en marchant avec les pieds en dedans pour mimer la démarche d'un ours.

Son frère jumeau rit si fort qu'il se mit à tousser. Il finit par cracher sur le sol et continua de plus belle.

– Tu l'imagines devant un ours blanc ? Il se pisserait dessus !

– Arrête ! Il est même pas capable de caresser Typhus ! ricana Moras.

– Je te parie que si on l'oblige à caresser Typhus, il va carrément chier dans son froc !

Complètement ivre, celui que j'avais identifié comme étant Colas se leva et se mit à sauter dans tous les sens en hurlant d'une voix aiguë : « Au secours ! Au secours ! J'ai peur des chiens ! J'ai peur des ours ! » Les trois autres souriaient bêtement, mais seule la cruauté brillait dans leurs yeux.

Gabriel, qui était resté figé pendant tout ce temps, lâcha soudain son fagot et se dirigea droit sur le gros husky. Sans attendre de savoir ce qu'il lui voulait, le chien grogna et montra ses crocs.

– Vous voyez ce que je vois ? s'exclama Moras.

– Tu veux une petite rincée pour te donner du courage ? lui proposa Gordias en lui tendant sa bouteille.

Gabriel ne bougea pas. Le chien grognait toujours et une bave mousseuse s'écoulait sur son pelage clair. Sans attendre sa réponse, Gordias lui fourra la bouteille dans les mains.

– Vas-y ! Bois ! lui ordonna-t-il sèchement.

Les trois autres se mirent à le fixer avec curiosité et Gabriel se sentit obligé d'avaler une gorgée. Il grimaça et eut un haut-le-cœur, à tel point qu'on crut tous qu'il allait vomir. Mais l'instant d'après, il colla de nouveau la bouteille contre ses lèvres et but longuement au goulot.

– Hey ! Ça suffit maintenant ! intervint Gordias, inquiet de voir le niveau de son précieux alcool baisser dangereusement.

Gabriel ne s'arrêta pas, au contraire même.

– T'es sourd, le sauvage ? J'ai dit ÇA SUFFIT ! hurla le chasseur en lui arrachant la bouteille des mains.

Gabriel le regarda dans les yeux et un sourire narquois se dessina au coin de ses lèvres. Sans prévenir, Gordias lui asséna un coup de poing qui l'envoya au sol. Son arcade ouverte se mit à saigner. D'un geste mal assuré, Gabriel essuya la traînée de liquide rouge et observa avec étonnement la teinte vermeille qui s'étalait sur la paume de sa main. Il grimaça et, étourdi par l'alcool, tenta de se relever.

– Regardez-moi ce Peau-Rouge ! Il tient même plus sur ses guiboles ! lança Gordias à ses compères.

– Une vraie squaw, ma parole ! renchérit l'un d'eux.

– Ouais ! Et maintenant, on va voir comment l'autre s'en sort ! proposa Moras en me tendant la bouteille.

Je secouai la tête. Je n'avais aucune envie d'entrer dans leur arène.

– Prends-la ou je te l'enfonce là où je pense ! me cracha le chasseur.

Typhus grognait de plus en plus fort. Dans ses yeux, fixés sur mes mollets, je ne voyais plus qu'une bête prête à attaquer. Je savais qu'il n'attendait que le signal de son maître pour me déchiqueter la jambe... Pour gagner un peu de temps, je pointai du doigt Gabriel qui, toujours au sol, peinait à garder ses yeux ouverts.

– Il a pas l'air bien. Vaudrait mieux que je le ramène au pensionnat, tentai-je.

– On s'en tape de l'Inuit ! On te dit de boire !

La main posée sur le long couteau qu'il portait à la ceinture, Moras me fit comprendre qu'il s'impatientait. Acculé, je pris la bouteille dans mes mains et en reniflai le contenu. L'odeur, à la fois aigre et puissante, me souleva l'estomac. Je l'avais déjà sentie sur la mère de Stella et, aussi jeune que j'étais, j'avais compris que c'était l'odeur de l'Oubli.

Tue-le !

Après tout, un peu d'oubli ne me ferait pas de mal... Je plaçai le goulot contre ma bouche et avalai une gorgée. Je sentis le liquide descendre dans mon œsophage comme une traînée de feu. Mon estomac se rebella et je ne parvins pas à étouffer une quinte de toux.

- Finalement, il est pas très costaud lui non plus ! se moqua Moras avant de m'enfoncer le goulot dans la bouche.

Cette fois, je ne fis rien pour empêcher l'alcool de se frayer un chemin jusqu'à mon ventre. Je laissai l'eau brûlante me remplir jusqu'à l'écœurement. Je crus d'abord qu'elle dissolvait la boule de colère qui s'était compressée dans mon estomac, mais bientôt, je ressentis une violente envie de vomir. J'essayai de m'en aller, mais le paysage tanguait autour de moi et, en dépit de tous mes efforts, je n'arrivais plus à marcher droit.

- Et voilà ! On a un phoque échoué et un ours bourré ! entendis-je dans mon dos, juste avant de m'affaler brutalement sur la neige encore dure.

J – ?

Lorsque j'ouvris les yeux dans le noir, il y eut d'abord un silence assourdissant puis, à l'intérieur, le bruit de mon cœur qui battait dans mes tympans. Ensuite, je sentis la couverture râpeuse et balançai une main en arrière de ma tête pour palper les barreaux de mon lit. Je sentais bien le métal sous mes doigts, mais j'avais le sentiment que quelque chose clochait.

Tandis que je tentais de retrouver mes repères, mes pensées me ramenèrent sur le chantier. Après être tombé par terre, je ne me souvenais plus de rien. J'avais beau me concentrer de toutes mes forces, je ne savais absolument pas comment j'étais rentré au pensionnat...

L'odeur !

Il n'y avait pas ce reliquat d'encaustique que nous passions sur le plancher de notre dortoir une fois par semaine.

À la place, ça sentait la poussière, ou plutôt un mélange de poussière et d'humidité. Inquiet, je tendis l'oreille. Pas un ronflement, pas la moindre respiration non plus. Mon cœur s'accéléra et j'eus soudain du mal à respirer. J'écarquillai les yeux dans le noir, cherchant à tout prix à apercevoir les lits de mes congénères. En vain. L'opacité nocturne recouvrait tout comme ce goudron épais avec lequel les Blancs aimaient recouvrir la terre. J'aurais préféré ne pas comprendre où je me trouvais, ne pas me souvenir de ces moments que j'avais tenté d'enfouir le plus loin possible dans ma mémoire... Mais soudain, un hurlement déchira la nuit et je sus qu'il provenait du dessus, me donnant la réponse à ma position géographique.

Je suis dans la Geôle ! finis-je par admettre en sentant tout mon corps se contracter.

Je connaissais cet endroit pour y avoir fait un séjour forcé longtemps auparavant. J'avais cru en crever et, lorsque j'en étais sorti, il m'avait fallu trois jours pour arriver à supporter la lumière du jour et presque autant pour me remettre à marcher correctement... Un sentiment de panique accompagna ces terribles souvenirs et j'eus à mon tour envie de hurler. Mais mon sang ne s'était pas encore purifié de l'alcool qui l'empoisonnait et ma tête se renfonça lourdement dans le matelas humide. Le sommeil me happa, me faisant aussitôt voyager vers les rivages obscurs de violents cauchemars.

Lucie me sourit. C'est un sourire éclatant. Elle ressemble à une de ces saintes dont parle la religion catholique. Lucie passe près de moi et me met un morceau de papier dans la main. Ensuite, elle entre dans le confessionnal, mais mon regard traverse le bois. Je peux voir ce qu'il s'y passe.

Je vois...

La Vipère tire sur le pommeau de sa canne. Il en sort un poignard à l'aide duquel il taille les lèvres de Lucie afin de lui enlever son sourire. Un trou béant à la place du cœur, je regarde le sang couler de sa bouche sans pouvoir rien faire.

Car je suis là sans y être vraiment, comme paralysé, comme absent. Une sorte de fantôme, présent mais impuissant.

Alors, j'ouvre ma main et je déplie le mot que Lucie y a glissé.

Deux mots y sont inscrits en grosses lettres bâton :

« TUE-LE. »

J – 46 ?

Un bruit métallique me réveilla en sursaut.

Un verrou que l'on tire.

Juste après, un filet de lumière pénétra ma rétine, rétrécissant ma pupille. Puis la clarté envahit la cellule. Je clignai plusieurs fois des yeux et finis par distinguer un garçon. C'était le petit frère de Lucie. Il portait une assiette dans sa main droite et s'essuyait le nez de la gauche. Ses yeux rougis racontaient que la nuit avait été courte et parsemée de pleurs. Ce n'était pas la première fois que je le voyais dans cet état. Le pauvre gamin n'avait que sept ans et, comme il était plutôt malingre, il servait souvent de souffre-douleur aux plus forts.

Sans un mot, il déposa l'assiette de soupe par terre et entama un demi-tour.

– Attends ! Tu sais pourquoi on m'a enfermé ?

Le gamin se figea. Je savais que les sœurs lui avaient répété qu'il n'avait pas le droit de parler au « fautif », mais je fis tout de même une seconde tentative.

– Tu sais combien de temps je dois rester ici ?
Le gamin secoua vivement la tête et s'empressa de repartir. Dès qu'il eut refermé la porte, la noirceur réintégra la cellule jusque dans les moindres recoins. À tâtons, je cherchai l'assiette posée par terre. Comme d'habitude, la nourriture était insipide, mais sa consistance épaisse remplissait mon estomac d'une chaleur réconfortante. Vite repu, je reposai l'assiette par terre et grattai doucement le mur.

– Gabriel ?

Aucune réponse.

– Gabriel, tu es là ?

Toujours rien. Je ne comprenais pas. Étais-je le seul à avoir été enfermé ? Je me recroquevillai sur mon lit en frissonnant. Je venais de réaliser que je me trouvais au même niveau que les morts dans leur linceul de glace. Ils étaient juste derrière ce mur. Je les imaginais debout, serrés les uns contre les autres tout autour de mon lit, avec leurs yeux glacés ouverts dans le noir...

Dis-moi, Jonas, pourquoi tu m'as mis sous la glace ? me demandait l'un d'eux.

Tu peux leur demander de me ramener chez moi ? me suppliait un autre.

Jonas, il fait trop froid ici. On n'a pas été préparés comme il faut ! Tu peux entourer nos corps de fourrures et d'écorces ?

122

Ne nous laisse pas ! Creuse-nous une vraie tombe sous les arbres, dans la terre de nos ancêtres !

Tandis que les voix envahissaient mon crâne douloureux, je sentis ma gorge se serrer. Cette fois, ce n'était pas la boule de colère, mais des larmes, un flot de larmes que je sentais remonter de mon ventre. Bientôt, elles envahirent ma poitrine, menaçant de faire céder le barrage que j'avais installé depuis si longtemps entre ma tête et mon cœur. Je ne trouvais plus de repère. Je n'avais plus d'arbre auquel attacher mon esprit qui, affolé, sautait d'une pensée à une autre comme un animal devenu fou : la forêt, les chasseurs, Gabriel, l'alcool, Lucie, ma mère mourante et puis Stella, trop loin, beaucoup trop loin de moi...

À bout, je laissai enfin éclater mon chagrin et pleurai longtemps dans le silence obscur de la Geôle.

DE LA FORÊT

C'est un fait, la forêt ne dort jamais.

La nuit, lorsque les bêtes et les hommes s'endorment dans le silence, elle veille, attentive à tous les mouvements qui se déroulent sur son territoire. Aussi, cette nuit-là, observa-t-elle d'un œil curieux l'homme, au cœur aussi noir que l'habit qu'il portait, qui venait vers elle en tirant une frêle silhouette derrière lui.

Habituellement, à cette heure tardive, rien ne bougeait de ce côté-là...

Pourtant, l'homme traversa la cour en silence et força celle en habit plus clair à entrer dans un bâtiment carré, fait de bois lui aussi, mais plus petit que le premier. Pour ne pas y entrer, la petite se débattit pendant un long moment, mais elle perdit la bataille. Une fois que les deux silhouettes eurent disparu dans le bâtiment, la forêt attendit un moment, mais comme rien d'autre ne se passait, elle s'en alla bientôt explorer d'autres lieux.

Elle pista un ours affamé et un lynx solitaire avant de replonger loin, très loin sous la terre pour y puiser ce qu'il y restait d'énergie en attendant le printemps qui venait...

J – 45 ?

Cette fois, en entendant le bruit du verrou, je plissai les yeux en prévision de l'arrivée de la lumière. Je m'attendais à ce que le petit frère de Lucie entre avec une assiette chaude. Je fus déçu de voir apparaître le visage blanc et émacié du père Séguin. Pointant le pommeau de sa canne sur mon estomac, il me demanda d'une voix atone :

– Alors, numéro cinq ? Tu as cuvé ton alcool ?

Je me contentai d'acquiescer.

– Tu as de la chance que quarante-deux t'ait ramené jusqu'ici ! Le froid est encore là et, s'il ne l'avait pas fait, tu aurais pu rejoindre tes petits camarades de l'autre côté de ce mur, fit-il en tapotant la paroi.

Je frissonnai.

Si Gabriel m'a ramené, pourquoi n'est-il pas enfermé lui aussi ?

– Quand même ! Quelle idée de voler une bouteille d'alcool aux chasseurs ! J'avoue que je ne te croyais pas capable de ça !

– Mais ce n'est pas moi qui...

– Tu parles, numéro cinq ? Je croyais que tu étais devenu muet depuis ton dernier séjour dans la Geôle ! *Je pourrais prendre sa canne et la briser en deux, je pourrais le menacer pour qu'il laisse Lucie tranquille !* Je ravalai ma salive. Le prêtre se pencha vers moi. Je pouvais sentir son haleine aigre.

– Je t'aurais bien laissé réfléchir là-dedans pendant encore un ou deux jours, mais un nouveau drame a eu lieu là-haut, et j'ai besoin de tes bras...

Sans plus d'explication, la Vipère se releva et disparut dans le couloir en laissant la porte grande ouverte derrière lui. Mes tempes se mirent à battre violemment. Je repensai au cri que j'avais entendu l'autre nuit. Pour me raccrocher à quelque chose, je vérifiai ma montre et, sans vraiment y lire l'heure, je la remontai comme pour conjurer le sort. Ensuite, les oreilles bourdonnantes d'angoisse, je sortis à pas lents de la cellule. Pris d'un léger vertige, je traversai prudemment le couloir souterrain. Au passage, je sentis un courant d'air frais et remarquai qu'une petite fenêtre s'ouvrait dans le soubassement. Une étrange lumière verte en sortait, si étrange que je me demandai si je n'étais pas encore malade à cause de l'alcool... M'en approchant, je m'étonnai de constater qu'elle donnait directement sur la forêt. Fasciné, j'observai un moment les premiers bouquets d'arbres de la lisière. Tout était vert. Les arbres, le ciel, le sol... Et ce vert m'attirait comme un aimant. Est-ce que Séguin veut me tester ? me demandai-je en ouvrant largement mes narines à l'air chargé d'essence de pin.

Mais je ne pouvais pas m'enfuir maintenant. Pas à un mois de la libération. Pas à ce moment où Lucie avait plus que jamais besoin de moi.

Sans plus réfléchir, je laissai mon corps effectuer un demi-tour et s'enfoncer dans les entrailles du pensionnat. Je regardai mon pied se poser sur la première marche de l'escalier comme s'il ne m'appartenait pas. En haut, mes mains butèrent sur la petite porte qui ouvrait sur la cuisine. Mes doigts agrippèrent la poignée et la firent tourner. La porte s'ouvrit en grinçant légèrement et une odeur écœurante de café mêlé de navet agressa mes narines.

Je traversai rapidement la pièce, aussi léger qu'un fantôme.

En arrivant dans le hall, je crus vraiment que j'étais en train de rêver. La même lumière verte, totalement surnaturelle, entrait par toutes les fenêtres et éclairait les enfants figés dans leurs tenues de nuit. Debout, le regard perdu dans le vague, ils me faisaient penser à une armée de spectres. Parmi eux, je repérai bientôt le visage livide du petit frère de Lucie et, lorsque nos yeux se rencontrèrent, il se détacha du groupe et marcha lentement dans ma direction. Arrivé devant moi, il me prit la main et je constatai que la sienne était glacée. Sans un mot, il m'entraîna jusqu'à la porte du réfectoire.

Où sont les sœurs ? Et la Vipère ? Je veux leur demander de retourner dans la Geôle. Oui c'est ça que je veux ! Me terrer dans un trou, plonger dans la nuit et surtout, ne jamais, jamais savoir ce qu'il y a derrière la porte du réfectoire...

Mais l'enfant me tirait en avant avec une force inattendue, comme pressé d'en finir. Nous avancions entre les tables du réfectoire. Au fond de la pièce, un corps recouvert d'un drap blanc était allongé sur l'une d'elles... Ma respiration se bloqua. Au fur et à mesure que nous nous en approchions, je sentais la main de l'enfant mollir dans la mienne. Arrivé devant la dépouille, j'étais en apnée. Et ce fut sans respirer que je soulevai le drap.

– Lucie ? m'entendis-je murmurer.

Vaguement éclairé par cette horrible lumière verte, le visage du numéro cinquante avait cessé de sourire pour toujours.

Ma tête se vida et mon corps m'abandonna. Amorphe, je tombai à genoux. Dans cette posture, mon visage se retrouva tout près de celui de la morte et je remarquai que de vilaines marques rouges faisaient le tour de son cou.

– Qui lui a fait ça ? demandai-je d'une voix si grave que je ne la reconnus pas.

– Ton prêtre te demande de l'enterrer. Ne traîne pas !

Cette voix-là, c'était celle de sœur Clotilde. Comme à son habitude, cette fouine nous espionnait ! Mon corps redevint consistant. Je sentis mes poings se serrer et mon cœur se soulever de colère. Maintenant, tout me semblait parfaitement clair ! Je comprenais pourquoi la Vipère nous avait envoyés au chantier au moment où Samson n'était pas là, je comprenais le jeu que les chasseurs avaient joué pour lui, certainement contre paiement, et pour quelle raison je m'étais retrouvé coincé dans la Geôle pile au moment où… La Vipère s'était rendu compte de mon lien avec Lucie, il avait senti ma colère frémir et il m'avait écarté pour agir à sa guise…

– Je suis tellement désolé de ne pas t'avoir écoutée, Lucie, murmurai-je à l'oreille de la morte avant de glisser un bras sous sa nuque et l'autre sous ses genoux.

Je vais te sortir du pensionnat.
Transporter ton corps à l'air libre.
Au plus près de la forêt.

La serrant contre moi, je me mis en marche. Son petit frère saisit la main de sa sœur qui pendait de son corps désarticulé. Nous passâmes en silence devant les yeux glacés de sœur Clotilde, puis sous le regard halluciné des pensionnaires. Gabriel était parmi eux. Il fit un pas vers nous.

– Je peux t'aider à la porter ?

– Non ! fit sœur Clotilde en le tirant fermement en arrière.

La consigne était posée. Personne ne nous suivit lorsque nous franchîmes la porte d'entrée.

Dehors, le corps de Lucie sembla s'alléger dans mes bras, comme s'il s'apprêtait déjà à prendre son envol. Moi-même je me faisais l'effet d'un être coupé en deux, à mi-chemin entre le désespoir terrestre et la libération céleste. Ainsi, le froid, silencieux et coupant, nous poussa de la pointe de sa lame en direction du cimetière. Après quelques pas au milieu des tombes de glace, le ciel se métamorphosa. Subitement, la gigantesque nappe verte fut traversée de plusieurs voiles colorés et mouvants, dont les teintes allaient du fuchsia au pourpre. On aurait dit un ruban de flammes étranges qui léchaient l'extrémité des silhouettes noires des épinettes. Les couleurs, brillantes et incandescentes, explosaient çà et là, dans un silence religieux que seuls venaient troubler les craquements de nos pas dans la neige. Nous nous figeâmes pour mieux observer cet incroyable phénomène météorologique.

Une aurore boréale !

Les aurores boréales étaient rares en cette saison et, de ce fait, celle-ci n'en était que plus étrangement, plus incroyablement belle... Et cette magie me donnait soudain envie de croire que Lucie pouvait encore revenir à la vie. Doucement, je penchai ma tête contre sa poitrine et écoutai, écoutai, écoutai.

Mais RIEN.

La magie de la nature n'était pas suffisamment puissante pour réveiller une morte, aussi exceptionnelle fût-elle.

Chaviré par une foule d'émotions, je me tournai vers l'enfant. Son visage était presque aussi pâle que celui de sa sœur.

– Dis-moi comment tu t'appelles, petit, lui demandai-je en me concentrant pour empêcher mes cordes vocales de trembler.

Il leva vers moi ses grands yeux embués de larmes.

– Paul... je m'appelle Paul, me dit-il d'une toute petite voix qui ressemblait à celle que j'avais six ans plus tôt.

J'ôtai la montre du père Tremblay de mon poignet et la nouai autour du sien. Étonné par mon geste, il observa tristement le cadran.

– Moi, c'est Jonas... Pour la faire marcher, tu devras remonter ce petit bouton. Si tu y penses bien tous les jours, elle ne s'arrêtera jamais.

Il acquiesça.

- Je peux te demander de lâcher la main de ta sœur maintenant ?

- D'accord...

J'entrepris seul d'allonger le corps de Lucie sur le sol. Ensuite, je saisis la pioche qu'une des sœurs avait posée là à mon intention et je commençai à briser la glace.

DEHORS

1

Après la mort de Lucie, le décompte des journées et des heures cessa d'avoir de l'importance pour moi. Bien sûr, je savais que le mois de mai arrivait et qu'il ne restait plus qu'une trentaine de jours avant ma libération, mais je m'en fichais. Désormais, j'étais certain que l'hiver durerait éternellement, que le froid et la grisaille m'accompagneraient partout, et en toute saison. J'appris ce printemps-là que le soleil peut briller au-dessus de nos têtes, sans parvenir à réchauffer nos cœurs.

C'était la fin de l'après-midi. Le soleil faisait étinceler la forêt et, sous la dernière neige, les arbres renaissaient à la vie. Gabriel était chargé de ranger la remise et les chasseurs étaient partis faire le tour de leurs pièges. Placés de part et d'autre du tronc, Samson et moi venions de nous attaquer à un gros pin qui devait servir à fabriquer le cercueil du père Tremblay. C'était notre dernière coupe avant la débâcle et je voulais qu'elle soit parfaite. Après ça, je ne travaillerais plus jamais avec lui. Ma dernière mission au pensionnat serait de creuser de vraies tombes et d'arranger la terre du potager. Puis, je quitterais cet enfer.

Assise un peu plus loin, Bella rongeait un os en nous fixant de son beau regard bleu qui semblait avoir été taillé dans la glace. En face de moi, Samson paraissait concentré. Nous donnions chacun notre tour de grands coups de hache au centre du fût et chaque impact résonnait dans toute la forêt. Malgré le froid encore présent, je sentais des gouttes de sueur me dégouliner le long du dos. Nous frappions si fort que nous poussions un cri de gorge à chaque fois que notre lame entrait dans le tronc...

Inévitablement, nos coupes se rejoignirent. Fendu en deux, l'arbre craqua longuement avant de tomber sur le sol en produisant un double fracas. Bella aboya et courut vers nous en exécutant des bonds joyeux. Satisfait, Samson caressa le cou et s'essuya le front d'un revers de manche. À cause du froid, ses lèvres laissaient échapper une fumée blanche. Il alluma quand même une cigarette.

J'avais déjà remarqué qu'il aimait fumer après chaque gros effort.

Ce jour-là plutôt qu'un autre, et peut-être parce que c'était un des derniers moments que nous partagions ensemble, il me tendit sa cigarette. Je la saisis sans vraiment savoir si j'en avais envie, la plaçai entre mes lèvres et aspirai un peu trop fort. La fumée me piqua la gorge et le nez, me forçant à tousser. Au lieu de rire de moi comme l'auraient fait les chasseurs, Samson me laissa tirer une deuxième bouffée que je parvins à conserver dans mes poumons sans m'étouffer.

– Alors, t'as décidé de ce que tu vas faire après ? me demanda-t-il soudain.

– Non, pas encore.

À vrai dire, je n'en avais absolument rien à faire. Depuis que Lucie était morte, je me fichais absolument de tout, y compris de me tirer d'ici. Samson l'avait peut-être compris. En tout cas, c'était bien la première fois qu'il me parlait de mon avenir...

– Si jamais tu veux être bûcheron, je pourrai te donner du travail, me proposa-t-il soudain en récupérant sa cigarette.

– Merci. Je vais y réfléchir.

– En même temps, je comprendrais que ça te tente pas de rester dans le coin, ajouta-t-il en coinçant son mégot entre ses lèvres pour ébrancher l'arbre couché par petits coups secs et précis.

La pause était finie. Je l'imitai en me calant sur son rythme.

Lorsque la partie haute fut ébranchée, nous divisâmes le tronc en deux gros blocs que nous transportâmes dans la remorque. Sansom les recouvrit d'une bâche pour les protéger de l'humidité et alla chercher la mule. Ces deux morceaux de tronc allongés sous cette toile huilée me ramenèrent instantanément vers nos morts. Je trouvais profondément injuste que les pensionnaires n'aient droit, en guise de linceul, qu'à une vieille couverture piquée par les mites avec, au-dessus de leurs corps, un pauvre numéro planté sur un piquet. L'image de Lucie en terre, sans rien pour protéger son corps, me hantait.

– Je sais à qui tu penses et j'aurais aimé te laisser en tailler un deuxième... me dit soudain Samson.

Tout en harnachant la mule à la remorque, il ajouta aussitôt :

– ... malheureusement, ça ne dépend pas de moi.

Je me contentai d'acquiescer sans oser formuler le fond de ma pensée. Pour contenir ma colère, je me mis à débiter des bûchettes dans les grosses branches.

– J'ai l'impression que t'as plus vraiment besoin de moi ! Quand j'aurai terminé ma livraison, je te renverrai la mule. Tu emmèneras tout le bois coupé à la remise, me dit-il avant de s'éloigner à pied, tenant la mule par la bride, Bella sur ses talons.

– Ça veut dire que je pourrai rentrer seul ? m'étonnai-je.

Sans prendre la peine de se retourner, Samson leva un pouce en l'air. J'espérai sans trop y croire que ce temps de solitude dans la forêt allait me permettre de me régénérer un peu...

2

Si mon esprit était éteint, à l'inverse mon corps débordait d'énergie. Autant que je m'en souvienne, je n'avais jamais eu un rythme pareil. Je n'avais plus de montre, mais j'étais presque certain d'avoir une bonne heure d'avance sur mon travail. J'attrapai ma gourde et avalai une longue rasade d'eau. La mule était revenue de sa livraison une demi-heure plus tôt et elle était en train de se régaler de jeunes ronces. Je fis claquer ma langue pour la faire avancer jusqu'à la deuxième remorque et procédai au chargement en m'aidant du crochet de levage. Quand j'eus terminé, je caressai doucement l'encolure brune de l'animal et décidai de m'accorder une courte pause pour laisser le temps à ma respiration et à mon rythme cardiaque de se calmer un peu.

Je fermai les yeux et, me concentrant sur les sons environnants, je tentai d'apprécier la sensation des rayons du soleil sur mon visage. Malheureusement, la neige fondue qui gouttait autour de moi me donna trop vite l'impression que la forêt pleurait et mes pensées reprirent le chemin de leur boucle gris sombre. Mon cerveau faisait et défaisait les dernières journées de l'existence de Lucie. Obsessionnel, il cherchait sans relâche un autre chemin pour les rendre différentes.

Tue-le ! m'avait-elle demandé et je ne l'avais pas écoutée. Obnubilé par ma propre sécurité et par mon désir de partir au plus vite de ce lieu maudit, je n'avais rien fait, même rien tenté ! J'avais beau me dire que je n'aurais rien pu faire, qu'au fond ce n'était pas ma faute, rien n'y faisait. Depuis que la Vipère avait tué Lucie, je me sentais atrocement coupable...

J'aurais pu m'évader avec elle.

J'aurais pu trouver tous ceux à qui Séguin avait fait du mal et monter une armée contre lui.

J'aurais pu lui faire peur, le blesser d'une manière ou d'une autre, trouver quelque chose, n'importe quoi, pour arrêter la Vipère, l'arrêter avant que...

Oui, j'aurais tout donné pour revenir en arrière ! Mais c'était impossible. Personne ne pouvait remonter le cours du temps... Il était *trop tard...*

Une goutte de neige fondue explosa sur ma pommette. J'imaginai que, lasse de me voir dans cet état de demi-mort, la forêt m'encourageait à pleurer. Rien à faire. Mes yeux demeuraient secs. Je les rouvris et constatai qu'une multitude de gouttes tombaient maintenant de l'extrémité des branches des épinettes.

La débâcle commençait.

Très bientôt, la glace des cours d'eau se romprait brutalement, entraînant de nombreuses inondations près des berges. La neige disparaîtrait et le paysage se réanimerait. Chaque année, c'était la même chose.

L'hiver mourait et la forêt renaissait.

Mais ce ne serait pas le cas pour Lucie.

Lucie ne renaîtrait pas de la glace et, dans mon cœur, elle y serait prise pour toujours... Samson avait raison. Dans un peu plus de trois semaines, j'allais quitter cet enfer pour rejoindre Stella.

Mais ce n'était plus une joie.

Ce n'était plus une libération.

Rien ne l'était plus...

Depuis cette horrible nuit éclairée par l'aurore boréale, je n'étais plus le même. Avec la disparition de Lucie, quelque chose en moi était mort.

– Allez ! me stimulai-je tout haut en me frappant les cuisses.

Je grimpai sur le chargement de bois et fis claquer ma langue pour que la mule avance. J'avais beau me sentir désincarné, pour l'heure j'avais un travail à terminer.

3

À mon retour, je ne trouvai personne à la grille. Si j'avais été dans un autre état, j'en aurais profité pour aller faire un tour dans les bois. Mais mon corps se traînait. La tristesse lui faisait peser des tonnes. Je tirai sur la cloche du portail et je vis la tête de sœur Marie-des-Neiges apparaître à la porte du pensionnat.

Quelques minutes plus tard, elle sortit et s'avança vers moi pour déverrouiller le portail. En dix ans, je crois bien que c'était la première fois que je la voyais utiliser la grosse clé jaune de sœur Clotilde. J'entrai avec mon chargement en observant son visage mutique. J'y cherchai une part de bonté. En vain. Sans m'adresser le moindre mot, elle referma aussitôt derrière moi et repartit à petits pas.

Je sautai à terre pour tirer la mule par la bride. La cour était vide. Accablé par mes ruminations, j'observai la chute du soleil derrière les arbres. Il me semblait que sa disparition m'annonçait une nouvelle nuit de cauchemars...

En arrivant devant la porte de la remise, je m'aperçus qu'elle était légèrement entrebâillée. Gabriel ne devait pas avoir terminé son rangement... Je saisis un tas de bûches, le surmontai de mon crochet et finis d'ouvrir la porte d'un coup d'épaule.

Je restai figé sur le seuil.

Là, dans l'obscurité de la pièce, une forme plus claire se détachait. Mon cerveau mit un temps à admettre ce que c'était.

Des fesses.

Le postérieur blanc d'un homme penché en avant au-dessus de l'établi, le pantalon sur les genoux. Il me fallut un quart de seconde de plus pour comprendre qui c'était et pour apercevoir le corps plus fluet qui se débattait en dessous. À ce moment-là, je dus pousser un cri, car le visage du plus petit se tourna vers moi.

C'était Gabriel.

En larmes.

Un bâillon serré autour de la bouche.

Le temps d'une hallucination, je vis le visage de Lucie à la place du sien et quelque chose vrilla dans ma tête. À partir de là, mes gestes s'enchaînèrent, comme autonomes de ma raison.

Le tas de bois et le crochet tombent bruyamment sur le sol, sauf une bûche qui reste dans mes mains. Séguin tourne son visage dans ma direction, puis se redresse en tentant maladroitement de remonter son pantalon. Le coup bute contre sa tempe. Il tombe par terre. Les yeux fous de Gabriel vont et viennent de ma main, qui tient toujours la bûche en l'air, au corps du prêtre couché sur le flanc. Puis, son regard s'arrête sur le crochet de levage, son bras se tend pour le saisir et, sans que j'aie le temps de comprendre ce qu'il va en faire, le crochet s'enfonce d'un coup sec dans le crâne de la Vipère !

Du sang qui gicle.

Un râle atroce.

Les mains et les jambes qui se mettent à trembler et l'œil qui devient subitement vitreux. Fin.

Revenant à la raison, je vis Gabriel remonter son pantalon en hâte et arracher le bâillon qui couvrait toujours sa bouche. Juste après, il plaça ses deux mains sur ses lèvres.

– Est-ce que... est-ce que... est-ce qu'il est mort ? me demanda-t-il d'une voix qui hésitait entre terreur et soulagement.

De mon côté, j'étais en état de choc, complètement sidéré. Ma bouche était sèche et l'air qui passait dans ma gorge ne se résumait plus qu'à un simple filet. Incapable de prononcer le moindre mot, je m'accroupis près du corps et posai mon index et mon majeur contre l'artère du cou, comme je le faisais quelques années auparavant pour vérifier qu'une biche était bien morte.

Rien.

Je secouai négativement la tête.

– Oh non ! Il est mort alors ? Je voulais pas le tuer ! Je voulais juste qu'il s'arrête ! Je voulais juste qu'il s'arrête !

La lèvre inférieure de Gabriel se mit à trembler. Je vis qu'il tentait de retenir l'horrible tempête qui venait de démarrer sous son crâne mais, finalement, il explosa, les yeux chargés de larmes.

– Ils vont me punir ! C'est sûr ! Mais je veux pas aller dans la Geôle ! Je veux pas y aller ! Je suis pas un assassin ! Tu le sais toi, Jonas, que je suis pas un assassin ! Tu leur expliqueras ce qu'il me faisait, hein ?

La voix de Gabriel s'éloigna, tandis qu'une évidence s'imposait à moi.

– Tais-toi.

Je m'approchai de lui, tellement près que nos visages se touchaient presque.

– Mais...

– Tais-toi, laisse-moi réfléchir.

Le regard suppliant, Gabriel acquiesça.

– On n'a pas le choix. Il faut cacher le corps.

– Hein ?

– Notre seule chance, c'est de faire croire à un accident. Sinon, on ira tous les deux en prison et on n'en sortira plus jamais...

Je me contentais d'aligner les mots, ceux qui me semblaient les plus logiques. Je me forçais à parler le plus calmement possible.

– D'abord, il faut sortir le crochet de son crâne.

– Ah non ! Je... je peux pas ! Je peux pas faire ça ! me répondit Gabriel, horrifié.

Il n'y avait pas de temps à perdre. Je saisis le crochet de mes deux mains et arrachai l'outil d'un coup sec. Le trou dans le crâne n'était déjà plus visible, masqué par les cheveux maculés de sang. Une tache rouge s'était également formée par terre, il fallait vite la nettoyer.

– Enlève les traces, dépêche !

– Avec quoi ?

– Je sais pas ! Utilise tes gants !

– Je peux pas...

– Écoute, Gabriel, si tu veux qu'on s'en tire, il faut que tu m'aides !

Gabriel plongea un instant ses yeux désespérés dans les miens. Puis, d'une main tremblante, il posa un de ses gants sur la tache et se mit à frotter avec vigueur. De mon côté, je commençai à faire de la place dans un coin de la pièce.

Quand la tache eut disparu, ne sachant que faire du gant taché, Gabriel le fourra dans la poche de son pantalon.

– Maintenant, il faut cacher le corps ici et le recouvrir avec ce tas de bûches.

Joignant le geste à la parole, je commençai à tirer la dépouille dans le coin que j'avais aménagé.

– Ça marchera jamais, Jonas ! Non, ça marchera jamais !

– Qu'est-ce que je viens de te dire, mon frère ?

– ...

– Écoute-moi, personne ne doit savoir que Séguin est mort ! D'abord, on cache le corps. Ensuite, on l'enterre là où personne ne le trouvera.

– C'est débile ! Ils sauront bien qu'il est mort quand ils le verront pas revenir !

– Ils pourront penser ce qu'ils voudront. Qu'il est parti, qu'un ours l'a attaqué, qu'il est passé sous la glace à cause de la débâcle...

– D'accord, mais où tu veux l'enterrer ? On pourra jamais sortir !

– Si on pourra... On l'emmènera dans la forêt... cette nuit...

– T'es devenu fou, Jonas ? En plus, si ça se trouve, on pourra même pas l'enterrer ! Ça sera comme pour nos morts ! La glace a pas encore fondu ! T'es bien placé pour le savoir !

– Ne parle pas si fort ! Tu vas nous faire repérer...

Il finit par se taire et se mit à tortiller nerveusement le tissu de son pantalon.

– Y a rien d'autre à faire, tu m'entends ? Mais on va s'en sortir, je te le promets. Il faut juste que tu fasses ce que je te dis...

Gabriel se figea et me saisit brusquement le bras.

– T'as entendu ce bruit ? chuchota-t-il en désignant la porte.

À part mon cœur qui cognait trop fort contre mes tympans, je ne remarquai rien de particulier. La remise se trouvait tout au fond de la cour arrière et, à cette heure-ci, les corvées de cuisine et de nettoyage allaient bon train. Je commençai à entasser les rondins au-dessus du corps. Après une hésitation, Gabriel se joignit à moi. Il était maladroit et bruyant, mais à deux, nous allions plus vite.

Nous avions quasiment terminé lorsque, cette fois, nous entendîmes de concert des bruits de pas qui se rapprochaient.

– Laisse-moi faire, OK ? eus-je tout juste le temps de lui chuchoter à l'oreille avant de voir sœur Clotilde apparaître sur le seuil.

4

Sœur Clotilde ne venait *jamais* dans la remise. Alors, pour quelle raison était-elle là ? Nous avait-elle entendus ? Pire, nous avait-elle espionnés par la minuscule lucarne ? Sa voix, haut perchée, fit sursauter Gabriel et je remarquai un peu trop tard qu'il restait une trace de sang sur un rondin.

– On peut savoir ce que vous faites ?

Faute de mieux, je me dépêchai de m'asseoir dessus pour la masquer.

– La charrette n'est pas déchargée et la mule attend que vous la détachiez. Qu'est-ce que vous fichez ?

Les battements de mon cœur étaient si violents et si rapprochés que j'avais l'impression que tous ceux qui se trouvaient dans la pièce pouvaient les entendre.

– La remise avait besoin d'être rangée pour entasser proprement les dernières bûches de la saison, improvisai-je.

– Hum... Il est tard, dépêchez-vous un peu !

– Oui ma sœur.

Sœur Clotilde se tourna vers Gabriel. Cet idiot enfonçait sa tête dans ses épaules comme s'il s'attendait à prendre un coup... N'importe qui aurait pu se rendre compte qu'il était mort de trouille et la question suivante de la sœur tomba comme un couperet :

– Je cherche le père Séguin, vous l'avez vu ?

Gabriel se recroquevilla un peu plus sur lui-même. Sa lèvre inférieure tressautait.

– Euh... non désolé. On l'a pas vu, répondis-je aussi fermement que possible.

– Bizarre... Il n'est ni dans le pensionnat ni à la chapelle...

D'un pas lent, elle s'approcha du tas de bois que nous venions de monter au-dessus du corps. Lorsqu'elle posa sa main sur un des rondins, je sentis ma bouche s'assécher. Si jamais elle s'appuyait un peu trop fort dessus, elle risquait de faire bouger les bûches et de voir ce qui...

– Le père Séguin rentre toujours de sa promenade avant 18 heures. *Toujours*... Mais aujourd'hui, il n'est pas rentré. J'espère qu'il ne lui est rien arrivé, ajouta-t-elle en se grattant la tempe.

– Nous, on l'a pas vu en tout cas, répétai-je avec le plus de conviction possible.

Elle me regarda en plissant légèrement les paupières, puis ses petits yeux de fouine se posèrent de nouveau sur Gabriel. La tête penchée en avant, il se balançait légèrement.

– Ça n'a pas l'air d'aller, numéro quarante-deux ! remarqua-t-elle en lui relevant brusquement le menton.

– Si... si ! bégaya le pauvre Gabriel sans parvenir à la regarder dans les yeux.

– On ne dirait pas !

– C'est que... j'ai... j'ai... très... faim, gémit-il en se tenant le ventre.

– Tu es certain qu'il n'y a rien d'autre ? insista-t-elle.

– Eh bien... je...

Gabriel semblait à deux doigts de craquer. Je devais intervenir !

– Moi aussi, j'ai faim, ma sœur ! Gabriel et moi on a abattu le double de travail aujourd'hui.

La sœur déplaça ses petits yeux éteints dans ma direction. Malgré la cadence affolée de mon cœur, je m'efforçai de paraître aussi imperturbable que d'habitude. C'était un exercice difficile, d'autant que j'avais maintenant l'impression que l'odeur du sang avait envahi toute la pièce...

Pendant un moment, sœur Clotilde sembla hésiter. Elle remonta lentement ses lunettes en demi-lune sur le haut de son nez, me jeta un regard intense et finit par prendre une mine pincée, mimique habituelle de ses petites défaites.

– Eh bien ! Dépêchez-vous de terminer votre travail et filez au réfectoire !

Elle amorça un demi-tour mais, au moment de franchir la porte, elle eut une nouvelle hésitation et ouvrit la bouche pour dire quelque chose. Finalement, peut-être pressée par ses interrogations concernant la disparition du prêtre, elle eut un geste agacé de la main et sortit de la remise.

– Cette fois, on est foutus ! s'exclama Gabriel, dès qu'elle se fut éloignée.

– Pas encore.

– Si ! Elle se doutait de quelque chose ! Quand elle verra que Séguin ne revient pas, je suis sûr qu'on sera les premiers accusés !

– Calme-toi... Sans le corps, ils pourront rien prouver... En attendant, ce soir il ne faudra rien montrer aux autres. Moi, ça fait six ans que je m'entraîne à faire ça, mais toi... tu penses que tu pourras y arriver ?

– Tu t'es *entraîné* ? s'étonna Gabriel.

– Ouais, bon... Faut se magner de ranger le reste et rejoindre les autres !

Gabriel baissa les yeux.

– Cette fois, j'ai vraiment peur, m'avoua-t-il.

Je ne pus m'empêcher d'émettre un petit rire nerveux.

– Qu'est-ce que tu crois ? Que j'ai pas peur ? Je te rappelle que je sors à peine de la Geôle ! Alors que toi, je sais pas trop comment t'as fait, mais je t'y ai pas vu !

Mal à l'aise, Gabriel se mit à lisser son pantalon, comme si ses mains le brûlaient.

– La Vipère voulait un coupable. Il m'a tendu la perche... Je suis peut-être un peu lâche, mais c'est quand même moi qui t'ai ramené sur mes épaules, s'excusa-t-il du bout des lèvres.

5

L'horloge du réfectoire indiquait 18 h 30 lorsque, sous les regards inquisiteurs de sœur Adélie et de sœur Marie-des-Neiges, nous regagnâmes nos places respectives.

Nous étions tous les deux en piteux état et, malgré la confiance que j'essayais d'insuffler à Gabriel, j'étais rempli de doutes sur la marche à suivre. Toute cette angoisse accumulée me rendait nauséeux et l'odeur de navet mêlée à l'eau de javel n'arrangeait rien. Quant à Gabriel, il n'arrêtait pas de lisser le renflement que formait le gant taché de sang au fond de sa poche. D'un regard appuyé, je lui fis comprendre qu'il ferait mieux d'arrêter...

Ce fut pile à ce moment que sœur Clotilde entra et, à l'instar de Séguin, s'arrêta au centre de la pièce. Mais au lieu de nous faire faire notre prière habituelle, elle se mit à déambuler entre les tables et à scruter chaque visage d'un air soupçonneux. Inquiets, la plupart des élèves baissaient les yeux sur leur assiette de soupe en train de refroidir.

Depuis l'autre côté de la table, je pouvais voir les fines gouttelettes de sueur qui apparaissaient sur les tempes de Gabriel. Sœur Clotilde dut les remarquer elle aussi, car elle s'arrêta à sa hauteur. Affolé, il n'attendit même pas qu'elle lui pose une question pour ouvrir la bouche.

– Je n'ai pas... Je n'ai pas fait...

– Quoi ? Qu'est-ce que tu n'as pas fait, numéro quarante-deux ?

Cet idiot n'allait quand même pas tout balancer ! Ses yeux croisèrent de nouveau les miens. Les sourcils froncés, je le fixai avec une telle insistance qu'il finit par refermer sa bouche.

– Alors ? insista la sœur en se frottant les mains.

– Je... je n'ai pas... j'ai oublié de donner à manger à la mule.

– Eh bien tu iras plus tard ! s'agaça-t-elle avant de poursuivre sa ronde sans voir cette larme, cette unique larme, qui perla au coin des yeux du numéro quarante-deux, roula sur sa joue et fendit l'air avant d'éclater sur un morceau de pomme de terre.

– ÉCOUTEZ-MOI !

Le hurlement de la sœur pétrifia le réfectoire tout entier, au point de nous faire brusquement ressembler à des statues de cire.

– La nuit vient de tomber et le père Séguin est introuvable ! Je demande à ceux qui savent quelque chose de parler *maintenant* !

Un murmure étonné parcourut les tables. Bien entendu, l'événement avait déjà fait le tour du pensionnat mais, pour éviter les punitions, il valait mieux avoir l'air au moins un peu navré...

– Taisez-vous, imbéciles ! Sauf, bien sûr, si vous avez une révélation à me faire !

Silence absolu. Plus un souffle.

– Personne ?

Yeux éteints. Bouches cousues.

– Alors joignez vos mains pour la prière... Nous allons demander à Dieu de nous ramener notre prêtre sain et sauf...

Juste avant de baisser les yeux, j'eus le temps de constater qu'une étincelle d'espoir avait réinvesti les regards des autres pensionnaires. Évidemment, tous espéraient la mort de Séguin.

– Et je vous préviens ! Personne ne dînera tant que nous n'aurons pas de nouvelles de lui ! poursuivit la sœur.

– Mais... j'ai faim, moi ! pleurnicha un gamin chétif arrivé avec la dernière fournée et qui devait à peine avoir six ans.

– Qu'est-ce que tu crois ? Nous avons *tous* faim, mais nous n'aurons pas le cœur de manger tant que nous ne saurons pas ce qui lui est arrivé ! s'enflamma-t-elle.

Au bout du compte, personne ne dîna ce soir-là. La soupe acheva de refroidir dans les assiettes sans que personne n'apporte la moindre information sur la disparition de la Vipère. Avant de congédier nos ventres vides, sœur Clotilde nous apprit qu'elle enverrait chercher Samson à l'aube...

6

Lorsque nous eûmes réintégré le dortoir, je m'approchai du lit de Gabriel et lui chuchotai à l'oreille :
- Couche-toi tout habillé. On y va cette nuit.
- Quoi ? Dans le noir ? grimaça-t-il.
- T'as entendu sœur Clotilde ? Samson vient demain matin ! Avec Bella, ça va pas traîner... De toute façon, on peut pas laisser le corps là où il est.
- Je... je... peux pas !
- Arrête de dire ça et parle moins fort ! Regarde un peu autour de toi...

Dans le dortoir, tous les garçons avaient les yeux braqués sur nous. Il faut dire que ce n'était pas vraiment dans mes habitudes d'aller causer avec qui que ce soit avant de dormir. Alors, un soir pareil, c'était d'autant plus louche.
- J'ai un plan. Je te jure que tout va bien se passer.
- C'est quoi ce plan ? me demanda-t-il, livide.

– Je t'en parlerai plus tard, les autres deviennent nerveux... Il faut que je retourne dans mon lit. Mais, surtout, ne t'endors pas et tiens-toi prêt !

Au milieu de la nuit, j'entendis la glace craquer et, même si je m'y attendais, ces premiers effets de la débâcle me donnèrent le sentiment que le monde tombait en miettes. J'avais passé toutes ces années à patienter, à rester dans mon coin sans faire de bruit, à faire profil bas... tous ces efforts pour quoi ? Pour en arriver là moins d'un mois avant mon départ ?

Ce n'était pas le moment de réfléchir à tout ça. Il fallait agir, vite, et surtout sans alerter les autres... Je me redressai lentement sur mon lit, rejetai doucement ma couverture et me levai en prenant bien soin de ne pas faire grincer les ressorts de mon matelas. Concentré sur les bruits alentour, je marchai doucement jusqu'à la porte et sortis seul du dortoir.

Les nuits où je n'arrivais pas à dormir, il m'était arrivé d'arpenter les couloirs pieds nus, surtout durant les premières années... À l'instar du fantôme que je craignais de devenir, je m'étais amusé à hanter le pensionnat et, faute de traverser les murs pour m'évader dans la forêt, j'avais collé mon oreille contre les portes de chacune des chambres. Ainsi, j'avais peu à peu appris que sœur Marie-des-Neiges parlait pendant son sommeil, que sœur Adélie dormait aussi silencieusement qu'une morte et que sœur Clotilde émettait des ronflements graves et réguliers.

Mais, ce soir-là, je ne me promenais pas pour occuper mon insomnie. J'avais une mission et de la réussite de cette mission dépendait notre avenir. Sans perdre de temps, je me coulai jusqu'à la porte de la sœur principale et tendis l'oreille à travers la fine cloison de bois.

Des ronflements, encore doux, mais déjà réguliers.

L'éventualité de la mort de Séguin ne l'empêche pas de dormir, on dirait ! pensai-je en tournant lentement la poignée. Retenant mon souffle, je pénétrai dans la chambre sur la pointe des pieds. Je savais que les clés étaient accrochées à gauche de la porte, en face du lit. Le problème, c'était qu'il y en avait plusieurs et qu'il faisait sombre. Je plissai les yeux, sans résultat. Je revoyais parfaitement la grosse clé en métal cuivré dans les mains osseuses de la sœur, mais était-ce celle-ci ou bien celle-là ? Ou encore cette autre, juste à côté ? Mes yeux commençaient à s'habituer à l'obscurité, mais pas suffisamment pour différencier les couleurs des métaux. L'angoisse montait et je commençai à douter.

Et si sœur Marie-des-Neiges avait gardé la clé ?

Si, avec la disparition de Séguin, elle avait oublié de la rendre à sœur Clotilde ?

Mon cœur battait trop fort.

Mes mains tremblaient.

La panique était en train de m'envahir.

Néanmoins, je ne pouvais plus faire marche arrière.

Risquant le tout pour le tout, j'ouvris un peu plus la porte pour laisser entrer la lumière du couloir. Les gonds émirent un léger grincement et la sœur se mit à bouger dans son sommeil. Je préférais ne pas imaginer ce qu'il se passerait si elle me surprenait dans sa chambre, au milieu de la nuit...

Les tempes battantes, je m'immobilisai et aperçus une boîte en carton sur laquelle était inscrit *Bijoux et Colifichets*. Quelques secondes après, sœur Clotilde se tourna sur le côté, dos à la porte, et ses ronflements reprirent. Grâce à la lueur du couloir, la clé que je cherchais brillait d'un éclat jaune. Soulagé, je la saisis, la glissai dans la poche de mon pantalon et sortis de la chambre en refermant doucement la porte derrière moi.

Sans perdre de temps, je retournai dans le dortoir et laissai la porte entrouverte pour laisser entrer un peu de lumière. J'enfilai mon manteau à la hâte et, mes bottes en main, je m'avançai sans bruit jusqu'au lit de Gabriel.

– On y va ! murmurai-je à son oreille.

Gabriel tenta d'imiter la respiration du dormeur.

– Je sais que tu ne dors pas et j'ai la clé du portail.

Se hissant sur ses coudes, il releva son buste vers moi.

– T'entends pas ? T'es sourd ? Tout craque dehors ! s'exclama-t-il.

– Chut !

– Je veux pas sortir. On va passer à travers la glace ! Je secouai la tête.

— Les hivers ici, je les connais par cœur. On a encore le temps, fais-moi confiance !

Gabriel se recoucha et releva la couverture jusqu'à son menton.

— Et les autres ? fit sa voix étouffée par l'épaisseur du tissu.

— Quoi les autres ?

— Ils vont nous dénoncer !

— On volera des biscuits aux sœurs pour acheter leur silence, m'avançais-je d'une voix un peu plus claire, pour que ceux qui étaient éveillés puissent m'entendre.

À court d'argument, Gabriel finit par sortir de son lit et enfila son manteau. Je lui tendis ses bottes et lui fis signe de me suivre dans le couloir.

Arrivés dans le réfectoire, une odeur de soupe froide nous sauta au nez et broya nos entrailles affamées. Les assiettes étaient restées sur les tables avec leur fond de potage. J'entendis le ventre de Gabriel gargouiller bruyamment.

— N'y touche surtout pas ! Il ne doit y avoir aucune trace de notre passage, lui soufflai-je en saisissant la lampe torche accrochée près de la table des sœurs.

Gabriel se refréna à contrecœur. La porte de derrière n'était pas verrouillée. Une fois dehors, frémissants sous nos manteaux, nous marchâmes tout droit en direction de la remise.

À l'intérieur, il faisait noir comme dans un four. Mais je préférai ne pas allumer la lampe. Aussi dûmes-nous débarrasser les bûches qui recouvraient le corps pratiquement à tâtons...

7

En traversant le cimetière j'eus l'impression que, à travers la glace, les yeux des morts suivaient avec attention notre cortège funèbre. Ouvrant la marche, j'avançais à reculons en tenant le prêtre sous les aisselles pendant que Gabriel portait ses jambes. En l'espace de quinze jours, c'était la deuxième fois que je transportais un cadavre en pleine nuit et j'avais le sentiment d'être coincé dans un long, un interminable cauchemar.

La victime d'abord.
Le bourreau ensuite.

Était-ce une forme de justice divine ?
D'accord, mais alors de quel dieu ?
Le leur ou un des nôtres ?

Autour de nous, la forêt craquait, comme si elle s'extrayait douloureusement d'un très long sommeil. Ses bruits sinistres avaient l'avantage de couvrir ceux de nos pas.

Pour ouvrir le portail, je dus tenir le corps d'une seule main, la tête du cadavre reposant sur mon genou plié. Tout ça me semblait absurde. La main un peu tremblante, je glissai la clé dans la serrure et la tournai. Un petit clac m'apprit que j'avais fait bonne pioche. Plaquant mon dos contre le portail, je poussai doucement pour éviter de faire grincer ses gonds.

L'instant suivant, je me dis naïvement que le plus dur était fait puisque nous étions du côté de la forêt. Mais en refermant le portail, le pied gauche du prêtre échappa à Gabriel. En tombant par terre, il produisit un son mat qui nous figea. Dans un même élan d'angoisse, nos yeux se fixèrent sur les fenêtres du pensionnat.

Comme rien n'y bougeait, nous nous élançâmes sur la piste qui menait à la rivière gelée. Le pont traversé, nous fûmes soulagés de pouvoir nous réfugier sous les frondaisons. Mais il y avait encore pas mal de chemin à parcourir et le sol, mi-fondu, mi-glacé, était encore glissant.

– Fais attention où tu mets les pieds.

– J'avais compris, Jonas...

J'avais du mal à me repérer dans l'obscurité. Et le corps de la Vipère pesait de plus en plus lourd.

– Il a pas bougé là ? me demanda soudain Gabriel.

– Qui ?

– Devine ! Je crois que j'ai senti son pied trembler.

– Tu délires...
– Ouais, ben on pourrait quand même allumer la lampe maintenant ! J'ai pas envie de tomber dans un trou d'eau !

Dans le faisceau jaune de la lampe, la forêt, sombre et luisante m'évoqua un monde en ruine. Déplaçant la lumière vers le corps inerte, il me parut soudain plus petit et plus frêle que jamais. Comment cet individu avait-il pu nous terroriser à ce point ? Pour quelle raison n'avais-je jamais tenté de me battre contre lui ? Même quand Lucie m'avait supplié de le faire...

Après une bonne demi-heure de marche, nous arrivâmes enfin devant le petit lac dans lequel nous nous baignions parfois l'été. Je m'arrêtai sur la berge et fis signe à Gabriel de déposer le corps sur le sol. Enfin libérés du poids du cadavre, nous nous accordâmes une minute pour reprendre notre souffle.

– Qu'est-ce qu'on fait maintenant ? chuchota Gabriel.
– Tiens-moi ça, fis-je en lui tendant la lampe torche.

Gabriel dirigea le faisceau à la surface du lac. Elle était déjà lézardée par les premiers mouvements de la débâcle.

– La glace va pas tarder à craquer, constatai-je.
– Tu vois ? Je te l'avais dit que c'était dangereux !
– Calme-toi, c'est exactement ce qu'il nous faut, répliquai-je en frappant la surface avec la canne du prêtre.

Un morceau de glace se détacha et disparut presque aussitôt dans le fond. Je demeurais un instant figé,

fasciné : contempler cette eau noire et mouvante produisait sur moi une horrible sensation d'irréalité.
– Tu crois aux wendigos toi ? me demanda soudain Gabriel d'une voix tremblante.

Les wendigos...

Ma mère m'avait souvent parlé de ces êtres malveillants et cannibales qui vivaient dans la forêt. Ces histoires m'avaient terrifié lorsque j'étais enfant et j'aurais préféré que Gabriel ne prononce pas ce nom à voix haute. Surtout de nuit, en plein milieu des bois et au moment où je portais le cadavre d'un homme à bout de bras...

– Séguin ne se transformera pas, décidai-je. D'accord, il a fait des choses horribles, mais il n'a jamais mangé d'enfant.

– C'est pas ce que j'ai entendu ! Cinquante-trois m'a dit que l'hiver où il a fait si froid et où on a tant manqué de nourriture, il nous a fait bouffer des morts...

– C'est des histoires, répondis-je aussi calmement que possible.

– Même que bien préparé, il paraît que ça ressemble à du veau...

– Des histoires, je te dis ! Tu te rappelles avoir mangé quelque chose qui avait un goût de veau ici ? Moi non !

– Je sais pas. Les rares fois où on avait de la viande, c'était souvent dégueulasse, alors je me dis que... et puis on sait pas toujours ce qu'il se passe en cuisine. Si ça se trouve, on en a mangé nous aussi, sans le savoir...

- Mais arrête ! On dirait que t'as envie que ce soit vrai !
- N'importe quoi !

Gabriel se tut enfin. Mais la graine du doute était en moi. Une foule d'histoires, plus terribles les unes que les autres, couraient depuis toujours sur Séguin et il était difficile de séparer le vrai du faux. Celle-ci me mettait particulièrement mal à l'aise et, si en temps normal la forêt m'apparaissait comme un refuge, cette nuit-là elle m'évoquait davantage le décor d'une de ces histoires fantastiques que ma mère me racontait le soir devant le feu...

- Bon, faut qu'on se grouille maintenant ! On doit absolument être rentrés avant que les sœurs se réveillent ! fis-je en poussant doucement le corps de Séguin dans le trou que j'avais creusé dans la glace.

Le buste du prêtre resta un moment à la surface, puis bougea légèrement, comme s'il refusait de finir là-dessous. Tétanisés par un profond sentiment d'horreur, nous attendîmes qu'il s'enfonce dans l'eau.

- Et sa canne ? Je fais quoi de sa canne ? paniqua Gabriel en brandissant l'objet fétiche du prêtre.
- Vite ! Coince-la sous son bras !

8

À l'aube, la forêt se mit à craquer comme si un monstre cherchait à quitter son sous-sol. À chaque craquement, le paysage semblait s'effacer sous les coups d'une immense gomme. Les lacs se crevaient. Des nuages de vapeur sortaient des crevasses et flottaient autour des frondaisons, comme autant de fantômes qui se seraient accrochés aux branches pour ne pas rejoindre le ciel. La débâcle, cette mue violente qui modifiait brutalement le paysage entre l'hiver et l'été, avait commencé son travail.

Un être humain, chevelure rousse et grande taille, marchait sans crainte au milieu de ces spectres éphémères. Immense, il portait un traîneau sur son dos et était accompagné d'un chien vif, au pelage beige et brun. Malgré la brume environnante et les craquements sinistres, l'homme s'avança d'un pas sûr jusqu'au lac. Bientôt, il s'immobilisa devant la surface lézardée qui s'ornait depuis peu d'un trou plus vaste, plus sombre, duquel s'échappait une fumée plus grise...

La forêt le vit s'accroupir près du trou, en ausculter un moment les bords irréguliers, puis se relever pour aller prélever une branche sur un large pin. Ainsi armé, il revint sur la berge pour fouiller le fond de l'eau. La branche, encore vivante, toucha bientôt quelque chose qui n'appartenait pas au lac. Alors, l'homme se pencha au-dessus du trou et plongea son bras tout entier sous la surface noire. Il le remua un moment à l'intérieur, avant d'enfouir sa tête, puis son buste dans les flots.

Au bout d'un temps indéterminé, il toucha le corps qui menaçait de vicier l'eau du lac, privant les animaux d'eau potable. Il le remonta à la surface et le hissa sur la berge pendant que le chien se mettait à aboyer. Le corps, maigre et presque aussi blanc que la neige qui disparaissait à vue d'œil, ne respirait plus. Son ventre était gorgé d'eau et une entaille zébrait le haut de son crâne.

L'homme, celui qui était vivant, tourna un peu autour du corps inanimé. Il finit par repérer quelque chose qu'il prit dans ses mains. C'était long comme une branche, avec une extrémité en métal. Après avoir observé l'objet, il le déposa cérémonieusement près du corps et recouvrit ce dernier d'une bâche étanche. Puis il s'éloigna pour aller ramasser les branches mortes qui séchaient sous les frondaisons et les amoncela en un petit tas sur la berge. Malgré l'humidité ambiante, le feu prit bientôt. Une lueur orangée scintilla alors sur le paysage bleuté. Bientôt, un filet de fumée grise monta jusqu'aux cimes et les dépassa pour se diluer dans *le ciel brouillé.* Ensuite, l'homme roux ôta ses vêtements mouillés et s'approcha le plus près possible du brasier. Pendant que son torse nu se réchauffait devant le feu, sa main caressait lentement la douce fourrure de son chien.

9

Un peu avant l'heure du lever, le pensionnat fut réveillé en fanfare par un visiteur plutôt inhabituel : Samson. Le bûcheron entrait rarement dans les bâtiments et, même si tout le monde connaissait son existence, certains le voyaient de près pour la première fois. Comme à son habitude, il portait ses bottes crottées et son fusil en bandoulière. Ses longs cheveux roux descendaient en cascade sur sa pelisse brune et ses yeux verts, perdus sous ses sourcils broussailleux, scrutaient gravement les lits.

– Où est le numéro cinq ? gronda-t-il en entrant dans notre dortoir.

Il sait, il a tout découvert, pensai-je immédiatement en sentant mon ventre se contracter.

Les plus petits se figèrent, tétanisés. Les grands n'en menaient pas large non plus, surtout Gabriel, qui me lança un regard totalement désespéré.

– Ah ! Tu es là, Jonas ! Habille-toi tout de suite et viens avec moi !

Obéissant à l'ordre de Samson, je m'extirpai de mon lit et attrapai mes vêtements. En enfilant mon pantalon, je constatai avec angoisse qu'il n'était pas encore sec. J'espérai que mon contremaître ne le remarque pas...

Quelques minutes plus tard, flanqués de Bella, nous trottions dans le froid. La chienne, qui n'avait aucune idée du drame qui avait eu lieu, humait joyeusement l'air du petit matin. De mon côté, je me sentais carrément mal et, pour ne rien arranger, mon ventre vide était comme une porte ouverte à la fraîcheur. Quand il gargouilla bruyamment, je ne pus m'empêcher de frissonner.

– Vu ce qu'il s'est passé, je parie qu'elles vous ont pas donné à bouffer hier soir, fit Samson en me tendant une lanière de viande séchée.

Le remerciant d'un faible sourire, je me mis à mâcher la viande sans plaisir.

Où m'emmène-t-il ?

Et pourquoi n'emmène-t-il que moi ?

– Fais pas c'te tête ! Ça sera pas très long, vu que j'ai déjà ma petite idée, m'annonça-t-il, comme pour confirmer mes craintes.

Je crevais d'envie de lui demander : *Petite idée de quoi ?* Mais la question était stupide. Je le compris dès que nous prîmes la direction du lac. À partir de là, mon cœur se contracta douloureusement, m'indiquant à chaque battement que je marchais à contre-courant de ce que mon instinct me dictait : FUIR.

En suivant la piste, j'eus le temps de penser à la façon dont les choses s'étaient enchaînées et, finalement, je me trouvais idiot. Au lieu de cette pauvre mise en scène, nous aurions mieux fait de nous enfuir ! Maintenant, Samson allait me mettre face à ma responsabilité et, d'une manière ou d'une autre, j'allais payer...

Lorsque nous ne fûmes plus qu'à quelques mètres du lac, Bella s'agita tellement que Samson la laissa courir en avant. Derrière les arbres, l'aube teintait le ciel de rouge mêlé de pourpre. Il allait de nouveau faire beau. Malheureusement, il me semblait de plus en plus probable que je dorme dès le soir même dans la noirceur humide de la Geôle ou, pire, dans une prison d'État...

– Regarde ! cria-t-il en me désignant la trouée.

Étrangement, la crevasse me sembla plus sombre encore sous la lumière diurne. Les lèvres scellées, je le suivis jusqu'au bord de la cavité.

– Alors, tu pencherais pour quoi, Jonas ? Un cerf ou un homme ?

Je n'avais pas envie de mentir, mais je ne pouvais pas non plus dire la vérité. Aussi me contentai-je de hausser les épaules.

– Moi je dirais que, dans un cas comme dans l'autre, c'est de la folie de marcher là-dessus à cette période de l'année ! fit Samson en fouillant le fond de l'eau à l'aide d'un long morceau de bois.

Non, ce n'est pas un morceau de bois... C'est la canne de Séguin ! constatai-je en sentant mon estomac se contracter violemment. *Pourquoi il l'a dans les mains ? Je suis pourtant certain de l'avoir vue couler dans le lac...*

À côté de moi, la chienne husky tourna plusieurs fois sur elle-même et, tout en restant sur la terre ferme, elle se mit à gratter les contours du trou. Samson poussa sur son museau pour la faire reculer.

– Bella a envie de plonger. Elle se croit déjà en été, mais l'eau est encore glacée ! Ça me rappelle une fois où j'ai trouvé un renard... La glace avait cédé sous son poids et il avait gelé presque instantanément. T'aurais vu ça ! Il était tellement bien conservé qu'on aurait dit qu'il était encore vivant ! me raconta Samson en continuant de fouiller le fond avec la canne.

Serrant les dents, je me préparais à voir surgir le corps du noyé. La panique montait si fort en moi qu'elle finissait par me donner la nausée...

– T'es pâlichon tout d'un coup ! Tu te sens pas bien, Jonas ?

– Pas très bien non.

– Tu penses que je vais trouver quelque chose là-dessous ?

– Je sais pas.

- T'es sûr ?
Le visage impassible, Samson me tendit une nouvelle lanière de viande que je mâchonnai pour me donner une contenance.
- Y a quand même un truc qui me chiffonne...
- Quoi ? haletai-je, les tempes battantes.
- Je vais te dire la vérité...
- *La vérité ?*
Samson acquiesça gravement et plongea ses yeux couleur de forêt dans les miens.
- La vérité, mon gars, c'est que j'ai retrouvé le corps juste avant de venir au pensionnat. Je l'ai mis sous ce gros sapin, bien empaqueté dans une bâche...
En entendant ces mots, je manquai de m'étouffer avec le morceau de viande.
- Qu'est-ce qui t'arrive ?
- Ben, c'est... terrible...
- Et encore tu l'as pas vu ! Il était dans un état !
Il me laissa un instant pour digérer l'information. Intérieurement, je paniquai. S'il avait déjà trouvé Séguin, pour quelle raison Sansom m'avait-il fait venir jusqu'ici ?
- Et c'est justement ça qui me chiffonne, ajouta-t-il mystérieusement.
Allez Samson ! Dépêche-toi de cracher le morceau ou je crois que je vais me trouver mal !
- Même si ça me paraît vraiment stupide de sa part, je veux bien qu'il ait eu envie de marcher sur le lac et qu'il

ait traversé la glace... mais je vois vraiment pas comment il a pu se cogner la tête...
Il me voit.
Il sait.
Il lit dans mon cœur !
Il faut que je lui dise la vérité !
Maintenant.
– D'après moi, ils étaient deux... et pas des petits ça c'est sûr...
– ...
– T'es sûr que t'as rien à me dire ?
– Oui... je suis sûr.
Je suis incapable de lui mentir.
Il me connaît.
Il comprend chacune de mes hésitations.
– Et puis sa canne... C'est bizarre ça aussi !

Samson fouilla dans sa poche et en sortit une cigarette toute tordue. Il la lissa pour la remettre droite avant de la fourrer entre ses lèvres.

– Chais pas si t'es au courant, mais le père Séguin se baladait quasiment tous les jours dans la forêt. *Sans* sa canne. Il avait trop peur de l'abîmer... Son grand jeu, c'était de se tailler un nouveau bâton à chaque promenade, m'apprit Samson avant de craquer une allumette et de faire rougeoyer le bout de sa cigarette.

Troublé, j'enfouis ma main dans la tiédeur du pelage clair de Bella et lui massai l'échine.

– Tu l'aimes bien Bella hein ? me demanda-t-il soudain.

– Oui...

– Tu sais que c'est la fille de Typhus et Tempête ?

– Quoi ?

– Eh oui... Comme quoi, on peut grandir avec des teignes sans en devenir une soi-même ! ajouta-t-il, lourd de sous-entendus.

J'aurais voulu lui expliquer, décharger tous ces mots que je gardais enfouis depuis si longtemps en moi. Mais c'était impossible. Beaucoup trop dangereux.

Au-dessus de nos têtes, le ciel devint plus bleu, avec une ligne rose rasant la cime des arbres. La lumière d'été arrivait. On pouvait la sentir frémir. Après un long moment de silence, Samson me demanda :

– T'as une idée de ce qui a bien pu se passer ici ?

Ma main cessa de caresser Bella. Je me sentais déborder. Mon âme n'en pouvait plus d'être seule, de garder tous ces secrets, d'éteindre tous ces mots...

Si je lui explique... peut-être qu'il comprendra, finis-je par me dire.

Cependant, une autre voix, moins naïve, s'éleva en moi. Je ne devais pas oublier que, en l'absence du prêtre, et jusqu'à l'arrivée du prochain candidat, Samson devenait le garant de la sécurité au pensionnat. Un meurtre, ce n'était pas rien ! S'il couvrait des gamins, il attirerait les flics sur lui. Et, d'après les légendes qui couraient sur son passé, c'était certainement une des dernières choses qu'il voulait...

– Alors Jonas ? Une petite idée ?

Je fis lentement non de la tête. La chienne se plaça sur le dos, m'invitant à lui gratter le ventre.

– Ben moi, j'en ai une !

Fébrile, j'étais suspendu à ses lèvres.

– D'abord, je suis sûr qu'il est pas venu ici tout seul... Ensuite, je pense qu'il était déjà mort quand ses pieds ont foulé la surface du lac... D'ailleurs, y a des traces de pas tout du long et je peux te dire que c'est pas les bestioles qui les ont laissées ! Deux types ont traîné le corps jusque-là et l'ont foutu à la flotte pour faire croire à un accident.

Ma tête se mit à tourner. Pour ne pas flancher, j'accrochai mon regard à la cime d'un arbre. Un rayon de soleil entra dans ma rétine, y imprimant une tache noire. J'aurais voulu être un aigle pour aller me poser tout là-haut et avoir un moment, juste un court moment de paix.

– Si tu veux mon avis, c'est des gars du pensionnat qui ont fait le coup... Y en a plus d'un qui le détestait, affirma Samson en recrachant un long jet de fumée dans ma direction.

Il resta un long moment sans parler, puis il me demanda encore :

– Et Gabriel ? Tu crois qu'il aura quelque chose à me dire, Gabriel ?

Maintes fois déjà, Samson avait prouvé qu'il était capable de lire les états d'âme sur les visages et, contrairement au mien, celui de Gabriel se lisait comme un livre ouvert. Quiconque le regardait un peu attentivement pouvait facilement y deviner sa peur, sa culpabilité, sa honte et sa lâcheté. Je savais déjà que, même sans parler, il finirait par nous dénoncer tôt ou tard.

– Non, je crois pas, finis-je par répondre d'une voix que j'aurais voulu plus assurée.

– Très bien, c'est ce qu'on verra...

Samson écrasa son mégot dans la neige fondue et se releva.

– Allez ! Aide-moi à mettre le corps sur le traîneau ! On va le ramener au pensionnat maintenant !

10

Le soleil, haut perché dans le ciel bleu cobalt, brillait juste au-dessus de nous. Faisant suer la glace à une vitesse irréelle, il menaçait déjà de faire remonter les morts à la surface. Mais les sœurs avaient autre chose en tête que l'organisation des enterrements définitifs des élèves. Après avoir réceptionné le corps de Séguin, elles nous avaient tous fait sortir.

À cause de la faim, les visages étaient pâles et cernés.

Silencieux, nous avions tous les yeux fixés sur le traîneau de Samson, ou plutôt sur le corps qu'il transportait, masqué par une grande bâche noire. Juste à côté, sœur Clotilde se tenait debout, aussi droite qu'une planche mais le visage étrangement détendu. Je remarquai que sa main droite serrait déjà la canne au pommeau argenté du défunt.

– Les enfants, cette nuit, un horrible drame s'est produit, nous annonça-t-elle calmement, tandis que sœur Marie-des-Neiges et sœur Adélie gardaient leurs têtes baissées et leurs mains jointes en prière.

Sœur Clotilde marqua un silence de circonstance, puis reprit sur un ton plus navré :

– J'ai le regret de vous apprendre que, ce matin, le père Séguin a été retrouvé mort dans le lac.

Aucun élève ne se mit à pleurer. Un certain soulagement se lisait même sur les visages fatigués.

– Ce n'est pas un accident ! Votre prêtre a été sauvagement assassiné ! s'agaça-t-elle soudain. Murmures de malaise dans les rangs. Cette annonce était loin de promettre le retour de la nourriture...

– Bien entendu, nous devons trouver les coupables au plus vite ! Si Satan se cache parmi vous, c'est votre devoir de le dénoncer ! Ou... DIEU LUI-MÊME VIENDRA VOUS PUNIR ! hurla-t-elle, les yeux exorbités.

Les plus petits fondirent aussitôt en larmes. Deux ou trois filles d'une douzaine d'années voulurent aller les réconforter, mais sœur Marie-des-Neiges et sœur Adélie les en empêchèrent en les retenant prisonniers contre leurs jupes noires. Quant à moi, je sentais l'étau se resserrer. Il était évident que Samson savait et les gamins de mon dortoir n'arrêtaient pas de nous regarder, Gabriel et moi. Qu'avaient-ils entendu ou compris la veille ? Quoi qu'il en soit, malgré les quelques biscuits que je leur avais promis, ils ne tiendraient pas leurs langues très longtemps...

– Alors, personne ? demanda-t-elle en passant lentement devant chacun de nous.

Les têtes se baissaient les unes après les autres. La sœur arriva devant Gabriel et lui reposa la question différemment :

– J'ai l'impression que le numéro quarante-deux a peut-être quelque chose à me dire ? Je me trompe ?

Gabriel se mit à lisser nerveusement son pantalon. S'était-il débarrassé du gant taché de sang ? Un grand froid traversa mes entrailles. S'il craquait maintenant, on était foutus ! La sœur demeura un long moment devant lui et je le vis littéralement changer de couleur. Ses lèvres se mirent à trembler et s'entrouvrirent légèrement.

– Oui numéro quarante-deux ? insista la sœur en s'approchant de son visage.

J'étais sûr que c'était la fin. Déjà, je scrutais les environs, y cherchant les options qu'il me restait. Samson fumait un peu plus loin, près du portail, mais la grille n'était pas verrouillée. J'avais donc une chance, si faible fût-elle, de m'enfuir. En courant vite, je pourrais peut-être leur échapper ?

– Je ne me sens pas très bien, ma sœur... Tous ces morts, on dirait que ça ne s'arrête jamais... Je... je crois que je vais vomir ! lança finalement Gabriel en penchant son buste en avant et en laissant sortir un hoquet bruyant.

Dégoûtée, la sœur fit un bond en arrière. Furieuse, elle dénoua sa ceinture en cuir. À ce moment-là, son visage se déforma au point de ressembler à celui de la Vipère.

- Très bien ! Tant que je ne saurai pas qui est le coupable, je fouetterai chaque jour l'un de vous au hasard ! décréta-t-elle.

Gabriel se releva et s'essuya la bouche. Livide, il tanguait un peu.

- TOI ! ENLÈVE TON GILET !! cria la sœur en saisissant le petit Paul par les épaules.

Je me figeai. Les yeux déjà remplis de larmes, le petit frère de Lucie commença à déboutonner son col. Pendant une demi-seconde, je l'imaginai crier de douleur. Cette idée m'était intolérable.

- ATTENDEZ !

Sœur Clotilde se retourna vers la voix qui s'interposait entre elle et sa victime. Lorsqu'elle constata que c'était moi, ses petits yeux sombres se mirent à briller intensément.

- Que se passe-t-il, numéro cinq ? Tu as quelque chose à *avouer* ?

- Je veux juste être fouetté à sa place.

- Ah bon ? Et pourquoi ferais-tu ça si tu n'es pas *coupable* ?

- Il est trop petit, et il a déjà trop souffert ces derniers temps. Je vous rappelle que sa sœur est morte il y a à peine quelques jours...

- Doutes-tu que je m'en souvienne ?

- Non.

- Tu es sûr qu'il n'y a pas une *autre* raison ?

- Certain.

Personne ne moufta. La sœur hésita un moment, puis elle m'offrit le pire sourire qu'il m'ait été donné de voir. Tout son visage incarnait la haine, tandis que sa bouche s'étirait dans une grimace pour découvrir une rangée de dents parfaitement blanches. Avec sa coiffe blanche collée autour de sa face pâle, elle me fit penser au masque de la mort. Je savais qu'elle ne retiendrait pas sa main. Je l'avais toujours profondément agacée. Plus fort, plus grand, plus calme que n'importe quel autre élève, je crois que je lui avais toujours semblé hors d'atteinte. En outre, il ne me restait que trois semaines avant de m'envoler, mais la sœur savait par expérience qu'il n'était jamais trop tard pour achever de briser quelqu'un…

– Dans ce cas, numéro cinq… À toi d'enlever ton pull…

11

En fin de matinée, tout le monde avait été rassemblé à la chapelle pour les préparatifs de la messe dédiée au défunt. Gabriel avait demandé à sœur Adélie s'il pouvait mettre un peu de pommade cicatrisante sur les plaies qui striaient mon dos. Étonnamment, elle avait accepté. Notre unique consigne était de ne pas traîner.

Une lumière dorée entrait par les fenêtres du dortoir et allongeait les ombres des barreaux sur le mur qui nous faisait face. J'étais assis sur mon lit, le buste penché en avant. Je serrais les dents pour ne pas gémir à chaque fois que Gabriel posait ses mains sur mes blessures. Entre deux inspirations, je repensais à ce gros bloc de pin, cette dernière coupe avec Samson. Hier destiné à Tremblay, il serait taillé le jour même dans les ateliers de menuiserie pour devenir le cercueil de la Vipère. Tout ça me paraissait étrange. C'était comme si, avec la mort de Lucie, quelque chose d'incontrôlable s'était mis en branle. Et désormais, Gabriel et moi étions obligés de fuir.

– J'ai bien cru que cette folle allait te tuer…

Je secouai négativement la tête.

– Elle pouvait pas commencer son règne en me tuant.

Ça aurait fait désordre, dis-je avant d'enfiler mon tricot de peau en grimaçant.

– Qu'est-ce que tu fous ? J'ai pas fini ! me fit remarquer Gabriel, les doigts pleins de pommade.

– On s'en fout de mon dos ! Samson va venir te cuisiner juste après la messe !

– Quoi ? Qu'est-ce qu'il t'a dit ? paniqua-t-il.

Je me relevai en fermant les yeux de douleur. J'attrapai mes bottes au pied de mon lit et les enfilai tant bien que mal. Au passage, je récupérai les tendons qui avaient eu le temps de sécher sous mon lit et les fourrai dans la poche de mon manteau.

– Il a pas dit grand-chose, mais il sait. On doit filer d'ici tout de suite !

– Attends…

Je lui tendis son manteau.

– Il faut s'en aller pendant que tous les autres sont à la chapelle.

– Je crois pas que ce soit une très b…

– Écoute-moi bien, Gabriel. Je me fous totalement de ce que tu crois ! Samson nous a accordé un délai. Mais, tôt ou tard, il sera obligé de nous dénoncer.

– Et comment tu comptes filer ? Regarde un peu dehors !

Je m'approchai de la fenêtre. Le bûcheron était posté devant le portail. Son fusil en bandoulière, il faisait les cent pas en fumant une cigarette pendant que Bella rongeait tranquillement un os.

– Je comptais pas sortir par la porte d'entrée de toute façon...

– Hein ? Et par où alors ?

– Tu verras ! Magne-toi maintenant ! fis-je en sortant en courant du dortoir.

Gabriel attrapa son manteau et s'élança à ma suite dans le couloir désert. En passant devant la chambre de sœur Clotilde, une pensée m'arrêta net et, le cœur battant, je posai ma main sur la poignée de la porte.

– Qu'est-ce que tu fous ? Je croyais qu'on était pressés !

– J'ai un truc à vérifier, ça ne prendra qu'une minute.

– C'est pas le moment, merde !

– Moins d'une minute, rectifiai-je en entrant.

C'était la première fois que je voyais cette pièce éclairée par la lumière du jour. J'allai tout droit vers la boîte en carton sur laquelle la sœur avait inscrit *Bijoux et Colifichets*. Comme je l'avais imaginé, elle contenait nos bijoux et nos plumes, jetés pêle-mêle. J'y plongeai la main et, tout au fond de ce bric-à-brac, je trouvai ce que je cherchais.

Le collier de Stella gisait sur ma paume comme un oiseau blessé.

J'étais si heureux de le retrouver que, pour la première fois depuis plusieurs semaines, mon cœur se gonfla d'un pur sentiment de joie.

– C'est quoi ? me demanda Gabriel.

– Ce qu'ils nous ont volé à notre arrivée.

Son regard s'éclaira et il fouilla à son tour le carton.

– Je croyais qu'ils avaient tout brûlé ! s'exclama-t-il en en sortant un collier en os qu'il fourra d'un air satisfait dans la poche de son manteau.

Après cette halte fructueuse, nous reprîmes notre course dans les couloirs déserts. Nous dévalâmes les escaliers et traversâmes le hall pour nous retrouver bientôt dans la cuisine. Je tentai d'ouvrir la porte qui menait au sous-sol, mais la poignée refusa de tourner. Elle était verrouillée.

– Et merde !

– Attends... fit Gabriel en sortant deux vieilles épingles à cheveux de sa poche.

– Comment t'as eu ça ?

– Comment tu crois que je leur piquais leurs biscuits ? Moi aussi je suis entré dans la chambre des sœurs ! se vanta-t-il, en brisant une des épingles en deux. Ensuite, il tordit la deuxième, pour la faire ressembler à un crochet qu'il plaça dans la partie inférieure de la serrure.

– Maintenant, regarde bien ! me dit-il, en insérant d'un air expert un des morceaux brisés dans la partie supérieure.

D'un geste précis, il fit tourner l'ensemble et, au bout d'un moment, un clic se fit entendre. Je n'en croyais pas mes yeux ! La porte était ouverte ! Gabriel possédait donc quelques talents cachés... Mais nous n'avions pas de temps à perdre en congratulations et nous nous engouffrâmes dans l'escalier qui menait au sous-sol.

Arrivés en bas, une forte odeur d'humidité et d'humus nous accueillit. Et pour cause ! La petite fenêtre qui jouxtait la cellule était toujours ouverte ! Sans hésiter, je me hissai sur le chambranle et sautai de l'autre côté. De l'extérieur, je vis Gabriel hésiter. Il jeta un regard vers la porte de la Geôle puis, à son tour, il enjamba la fenêtre.

12

Pour ne pas risquer d'être vus de quelqu'un qui sortirait de la chapelle, nous devions faire un détour par l'épaisseur du bois. Le dos voûté, nous nous éloignâmes le plus vite possible de l'enclos du pensionnat et nous enfonçâmes dans la forêt. Cette fois, nous partions pour de bon ! Mais nous étions des fugitifs et, si l'air frais qui entrait dans mes poumons me grisait, il m'angoissait tout autant...

Lorsque nous nous fûmes suffisamment éloignés, nous bifurquâmes pour retrouver la rivière. Le son nous guidait. À cause de la débâcle, des craquements sinistres retentissaient un peu partout, rappelant que la glace pouvait céder à tout moment. Et, effectivement, le lit gelé montrait quelques signes de faiblesse.

– C'est vachement risqué ! On redescend pour prendre par le pont ? suggéra Gabriel.

– Bonne idée ! Comme ça on passera pile sous le nez de Samson ! répondis-je en nouant le collier de Stella autour de mon cou.

Affublé de mon porte-bonheur, je posai un pied sur la plaque luisante. La rivière n'était pas très large, mais Gabriel avait raison : chaque pas pouvait être fatal. Deux pas. Pour ne pas y penser, je fixai mon regard sur l'autre berge. Trois pas. À l'image d'un funambule, les bras écartés, le souffle court, je tentai de rester droit sur ma ligne et de repousser les images qui tentaient de me déstabiliser. Quatre pas.

Le corps glacé de Lucie.
Celui de la Vipère au fond du lac.
Ce renard pris dans la glace dont m'avait parlé Samson.

Enfin, je posai mon pied sur l'autre rive et retins une grimace de douleur. Après la crispation de la traversée, mon dos me faisait encore plus mal. Je pris une grande inspiration et me retournai pour voir où en était Gabriel.

Complètement tétanisé, il s'était immobilisé au milieu du tapis de glace.

– Continue ! Tu y es presque !

– Qu'est-ce qu'on va faire là-bas ? Je suis même pas sûr de savoir retrouver le chemin des rails ! me rétorqua-t-il.

– Moi, j'en suis sûr ! Allez ! Bouge !

La surface de la rivière émit un craquement sinistre et une fissure apparut entre ses jambes.

– Je vais mourir gelé ! hurla-t-il, paniqué.

– Tu vas surtout croupir en prison si tu continues à crier comme ça ! Avance !

Je tendis la main dans sa direction. Le front plissé, les yeux fixés sur le sol, Gabriel parut enfin se ressaisir.

– Voilà, c'est mieux... Un pas après l'autre... Lentement...

Je ne cessai pas de lui parler jusqu'à ce qu'il me rejoigne enfin sur la berge. À peine avait-il posé un pied sur la terre ferme que, derrière lui, la fissure se poursuivit jusqu'à l'autre rive et se ramifia en plusieurs autres crevasses superficielles. Très vite, les plaques se désolidariseraient les unes des autres et il ne serait plus possible de traverser.

Mais ce n'était plus notre problème. Devant nous, une immensité de conifères, de sentiers inexplorés et de bêtes sauvages nous attendait. D'après mes souvenirs, nous devions marcher vers le sud pendant environ deux jours, peut-être moins en courant... Une fois que nous aurions trouvé les rails, nous n'aurions plus qu'à nous poster dans un virage pour attendre le passage du train. Il faudrait réussir à sauter dans un wagon, en espérant que l'un d'eux serait ouvert...

– Dès que les sœurs se rendront compte de notre absence, elles nous feront rechercher par la gendarmerie. Il faut qu'on prenne de l'avance ! Tu es prêt à courir ?

– *Courir ?* Comment ça, courir ? Il y a des poches d'eau un peu partout, on risque de passer à travers la glace ! pleurnicha-t-il.

– Un peu de courage, mon frère ! C'est le moment ou jamais de montrer à tes ancêtres que tu peux battre un Cri à la course !

– OK... me répondit-il mollement.

Nous nous mîmes à slalomer entre les arbres comme des daims affolés. Pour être honnête, je ne me sentais pas fier non plus. Autour de nous, la forêt grinçait comme si elle allait s'effondrer et j'avais l'impression terrifiante que la fin du monde nous talonnait.

Les premiers kilomètres furent vraiment difficiles. Cela faisait si longtemps que nous n'avions pas couru... Les poumons en feu, la gorge brûlante, j'avais l'impression que mon cœur allait exploser. J'entendais Gabriel haleter derrière moi. Vu sa constitution, je me disais que c'était peut-être encore plus dur pour lui, mais je me gardais bien de lui demander quoi que ce soit...

Mètre après mètre, nous finîmes néanmoins par trouver un second souffle.

Nos respirations s'accordèrent.

Et une sorte d'ivresse nous gagna.

Une ou deux heures plus tard, Gabriel hurlait à gorge déployée, mais c'était de joie cette fois et je n'eus pas le cœur de lui dire de se taire...

13

Une fois dépassées les limites du territoire qui nous avait été imposé, la forêt nous apparut plus dense, plus sauvage. Un labyrinthe complexe dont j'avais presque oublié l'ampleur. Autour de nous, tout se ressemblait. J'étais obligé de creuser ma mémoire pour y retrouver tous les petits « trucs » qui permettaient à maman de ne jamais nous égarer... Nous pouvions nous aider du soleil, haut et vif, en cette fin avril. Grâce à sa lumière, les conifères penchaient davantage du côté sud et leurs feuillages y étaient en général plus touffus. Et c'était le sud que nous visions. Plus exactement le sud-ouest, là où se trouvaient les rails.

Jusqu'aux premières heures de la nuit, nous alternâmes marche et course, grimpant péniblement des talus et dévalant à toute vitesse des pentes boisées. Égratignés par les branches, mouillés par la neige qui fondait et glissait des arbres, nous eûmes aussi la joie de surprendre quelques animaux étonnés de nous voir traverser leur royaume comme des comètes.

Et puis la voix de Gabriel déchira l'air.
- ATTENDS !
Les mains posées sur les cuisses, le buste plié en deux, il tentait de reprendre son souffle.
- Qu'est-ce qui t'arrive ?
- Il m'arrive que j'en peux plus ! J'ai une énorme pointe là ! me dit-il en désignant le côté gauche de son abdomen.

À l'arrêt, je me rendis compte que je souffrais moi aussi. Cette douleur lancinante qui parcourait mon dos ne me laissait tranquille que lorsque j'étais en mouvement. *Merci sœur Clotilde.*
- De toute façon, la nuit va bientôt tomber. Je pense qu'on peut s'accorder une pause, décidai-je.
- Enfin une bonne nouvelle !
- Je connais un endroit qui peut nous dépanner. Faut juste faire encore un petit effort...

La grotte était masquée par un bosquet d'épinettes. L'intérieur, sombre mais plutôt sec, était tout juste assez grand pour y loger à deux. À l'entrée, une sorte de vasque naturelle était remplie d'eau fraîche et ce fut un régal d'y étancher notre soif. Seulement, l'eau ne suffisait pas à nous remplir l'estomac.
- J'ai pas pensé à prendre de la nourriture et il est trop tard pour chasser. De toute façon, si on veut pas se faire repérer, mieux vaut ne pas faire de feu pour le moment...

Gabriel me sourit et sortit de sa poche un paquet de petites galettes dorées.

– Des biscuits ? Ne me dis pas que tu les as volés tout à l'heure ? m'exclamai-je en contemplant ce trésor.

Il acquiesça fièrement.

– Je connais sa planque. Ou plutôt *ses* planques. Elle en a changé souvent, mais je les ai toutes trouvées !

La pâte sablée croustillait sous la dent avant de fondre sur la langue. Je n'avais rien avalé d'aussi bon depuis des lustres !

– Tu leur en as piqué souvent ?

– Plutôt ouais...

– Et tu t'es jamais fait prendre ?

– Jamais. D'ailleurs, je crois que ça la rendait complètement dingue ! ricana-t-il.

Faim et soif contentées, nous nous assîmes sur le sol caillouteux, épaule contre épaule, genoux repliés contre la poitrine pour tenter de conserver la chaleur générée par l'endurance. Goûtant à ce moment de repos, je me mis à caresser la paroi rocheuse. Sous mes doigts, je ressentais les lignes creuses d'un dessin vaguement gravé dans la pierre. Comme un aveugle, je suivais les contours du visage d'une femme, ou plutôt celui d'une fille...

Stella, est-ce que je te reverrai un jour ? me demandai-je en sentant ma poitrine se gonfler de nostalgie.

– Cette grotte est pas mal éloignée du chantier de Samson. Comment ça se fait que tu la connaisses ? me demanda Gabriel en ramassant plusieurs pierres qu'il enfouit dans la poche de son manteau.

Pendant un moment, j'hésitai à répondre. Mais je réalisai bien vite que, dès le moment où nous étions sortis du pensionnat, mes vieux réflexes ne valaient plus rien...

– La première année, après quelques semaines, ils m'ont emmené avec un autre gamin sur le chantier de Samson. On a travaillé avec lui pendant plusieurs après-midi et j'ai tout de suite été content de bosser en plein air. C'était presque trop beau... et effectivement, au bout de quinze jours, les chasseurs sont passés pendant que Samson n'était pas là.

– Comme l'autre jour ?

– Ouais. Sauf que j'avais que dix ans à ce moment-là et l'autre gamin à peine huit...

– Et alors ? Qu'est-ce qu'il s'est passé ? Ils vous ont fait boire de l'alcool ?

– Non. Mais eux, ils avaient bu et ça a vite dégénéré. Ils ont voulu le forcer à caresser Typhus.

– Décidément...

– Ouais, comme tu dis... Bref, comme il voulait pas, ils ont commencé à le secouer, vraiment fort... on aurait dit des sales gosses malmenant une poupée de chiffon... à un moment, j'ai eu peur qu'il ne meure comme ça, sous mes yeux... alors, j'ai demandé à prendre sa place.

– Wouah... j'aurais jamais cru ça de...

– Je sais.

Je frottai ma main à l'endroit où la cicatrice formait un sillon sur ma peau.

– Typhus m'a mordu à plusieurs endroits jusqu'au coude et quand j'ai vu que Samson arrivait, j'en ai profité pour m'enfuir.

– Tu déconnes ? Et alors ?

– Ils m'ont pas poursuivi tout de suite. Ils pensaient sûrement que j'irais pas loin, et puis, ils avaient des comptes à rendre à Samson...

– C'est à ce moment-là que t'es venu ici ?

– Ouais. J'ai couru un paquet de temps et je suis tombé sur cette grotte. J'y suis resté deux jours.

– Blessé ? T'as dû en baver !

– Sur le moment non. J'étais heureux... Je croyais que j'avais retrouvé ma liberté. J'ai soigné mes plaies avec des racines de framboisier. Y avait plus de framboises, mais je me suis nourri de champignons, de glands et d'insectes. Après la première nuit, je me suis dit qu'ils me retrouveraient pas et j'ai décidé de pousser jusqu'aux rails, pour m'enfuir...

– Pourquoi tu l'as pas fait ?

– Samson m'a retrouvé et m'a ramené au pensionnat. À peine rentré, Séguin m'a jeté au trou, et pendant un bon moment...

– Dans la Geôle ?

– C'est ça.

Gabriel demeura un moment silencieux.

– Mais alors, cette histoire que tout le monde raconte... ce gars que la Vipère a presque rendu fou en le laissant trop longtemps dans la Geôle... c'était toi ? s'étonna-t-il, tandis que je me tournais vers l'entrée de la caverne.

– Disons que je leur ai fait croire ce qu'ils voulaient. À partir de là, j'ai fait profil bas et j'ai surtout pensé à sauver ma peau.

– Je comprends mieux maintenant.

– Tu comprends mieux quoi ?

– Ben, pourquoi t'étais aussi con avec tout le monde !

Je ne relevai pas. Au fond, Gabriel avait raison. En passant d'un extrême à l'autre, j'avais plié l'échine et j'étais devenu un lâche. Mais tout ça, c'était du passé. Cette fois, je ne m'étais pas enfui seul et je comptais bien qu'on s'en sorte tous les deux...

À l'endroit où la lumière dessinait un demi-cercle sur le sol poussiéreux, je me mis à dessiner à l'aide d'un morceau de bois.

– Qu'est-ce que tu fais ?

– Je te montre où on est.

– Tu m'expliques ?

– Ce carré, c'est le pensionnat. Celui-là, c'est la cabane de Samson et, ce rond ici, c'est la grotte. Tu vas voir, on a quasiment fait la moitié du chemin.

– Déjà ? Si j'avais su que c'était si facile, je me serais enfui plus tôt !

Je ne relevai pas. Mais j'avais parfaitement conscience qu'on ne serait vraiment sortis d'affaire qu'une fois arrivés lui au nord et moi au sud...

Bien plus loin, je traçai deux traits parallèles.

– On doit descendre jusque-là pour tomber sur les rails. D'après mes calculs, si on fonce comme aujourd'hui, on devrait les atteindre demain soir.

– Ça a l'air bien parti non ? s'enthousiasma Gabriel.

– Ouais. Après, il faudrait qu'on ait un peu de chance et qu'un train passe la nuit prochaine ou le jour d'après. Plus on attendra, plus on risquera d'être retrouvés...

Pour l'heure, je me sentais épuisé. Mon dos me faisait mal et, à force de demeurer immobile, je sentais que le froid nous tombait dessus. Je proposai à Gabriel de m'aider à aller chercher des branches de sapin pour en tapisser le sol. Nous choisîmes les plus sèches à cet effet et en gardâmes quelques-unes pour nous couvrir.

Avec l'arrivée de la nuit, le froid se durcit encore. Gabriel colla son dos contre le mien. Malgré la douleur lancinante, écho des coups de fouet de sœur Clotilde, la chaleur que dégageait son corps m'aida à m'endormir...

14

Au matin, je me réveillai recroquevillé contre la paroi glacée. Je sortis de la grotte pour étirer mes muscles douloureux. Dehors, le soleil, haut perché, m'obligea à plisser les paupières. Ses rayons, incroyablement vifs, réchauffaient mon corps et faisaient suer le tapis de neige. La débâcle s'accélérait de manière impressionnante, et ça, ce n'était pas vraiment une bonne nouvelle pour nous. De glacée, la terre allait devenir humide et boueuse et le sol de plus en plus instable. Cela ralentirait notre course. Il était d'autant plus important de se nourrir avant de se remettre en route.

Après avoir inspecté les environs, je finis par repérer un jeune érable, ramassai une pierre pointue et attaquai le tronc.

– Gabriel, viens voir !
– Qu'est-ce qu'il y a ? fit-il en s'extrayant à quatre pattes de la grotte.

– C'est l'heure du petit-déj !

– Quoi ?

– Il faut creuser du côté sud, ça coule mieux au soleil...
Effectivement, dès que le trou fut suffisamment profond, un liquide légèrement doré glissa le long du tronc. Pendant que Gabriel se baissait pour lécher ce qui avait coulé à même l'écorce, je taillai tant bien que mal un morceau de bois.

– C'est trop bon ! L'érable est mon arbre préféré ! Dommage qu'il n'y en ait pas chez moi ! me confia-t-il en s'essuyant les lèvres avec gourmandise.

Je plantai le bout de bois taillé dans l'incision et la sève se remit à couler comme si elle sortait d'un robinet. J'en avalai une bonne ration et laissai Gabriel en prendre une deuxième.

– Ne te gave pas ou tu auras mal au ventre ! lui dis-je avant d'enlever la gouttière pour stopper la coulée.

– Tu te rappelles quand le père Tremblay nous a appris à préparer du sirop d'érable et qu'on a cuit des crêpes pour aller avec ?

– Si je m'en souviens ? C'était le meilleur de tous les repas de Noël au pensionnat !

Gabriel fourra ses mains dans ses poches et en sortit un gros bout de pain, il le coupa en deux et m'en tendit un morceau.

– T'as des pouvoirs magiques ? D'où tu sors encore ça ? lui demandai-je, avant de croquer goulûment dans mon quignon.

– Je suis nul en arithmétique, nul en grammaire et nul en menuiserie... mais j'ai toujours été un assez bon voleur, me répondit-il en souriant.

– Je vois ça !

– Et puis, il me semble que je te devais un morceau de pain, ajouta-t-il en me faisant un clin d'œil.

– C'est vrai...

Même dur, c'était le meilleur morceau de pain que nous ayons mangé depuis longtemps. Car nous le partagions et nous le dégustions dehors et surtout... *libres* !

– Ce dessin de fille dans la grotte, c'est toi qui l'as fait ? me demanda Gabriel.

– Ouais.

– C'est qui ?

– Une fille que je connaissais avant.

– Elle a l'air jolie...

– Elle *est* très jolie.

– Comment elle s'appelle ?

Une nouvelle fois, j'hésitai à répondre. Cela faisait tellement longtemps que je gardais Stella comme un secret que j'avais l'impression que, si je révélais son prénom maintenant, je ne la reverrais jamais. Mais Gabriel n'insista pas. Il s'assit sur une grosse pierre et, songeur, plaça ses mains en éventail derrière sa tête.

– J'aimerais bien avoir une copine moi aussi. Au pensionnat, elles sont trop petites et puis de toute façon, on n'a jamais le droit de les approcher !

– T'en auras une quand on sera rentrés...

– Ce serait bien, fit-il en ramassant une miette tombée sur le sol, qu'il ramena jusqu'à sa bouche.

Puis, le regard rêveur :

– Je mettrai mon bras derrière son cou et on écoutera du rock and roll en observant les étoiles...

– Du roc and... quoi ?

Je m'accroupis pour me mettre à sa hauteur.

– Arrête ! Tu connais pas le *rock and roll* ?

– Non.

– C'est de la musique ! Une musique vraiment chouette ! Les filles adorent qu'on les fasse danser dessus !

– Jamais entendu parler... En même temps, j'ai passé toute ma vie dans les bois et au pensionnat, alors...

– Un vrai sauvage quoi ! s'exclama-t-il en riant.

– Un guerrier cri plutôt ! fis-je en bombant le torse.

– Toi, un guerrier ? Ah ah ! Laisse-moi rire ! Bon, pour revenir à cette fille... si tu la fais danser un jour, ce sera pas au son des tambours ! Mais au son du rock and roll !

– D'accord d'accord, Grand Sachem, j'ai compris...

– Sérieux, quand t'as envie d'être heureux, c'est à cette fille que tu penses ? me demanda encore Gabriel.

– C'est ça.

– Moi, tu vas trouver ça nul, mais je pense à mon père...

Je haussai les épaules et suivis son regard. Au-dessus de nous, sur le ciel bleu, des bancs de nuages se déplaçaient en changeant de formes. L'un d'eux ressemblait à un oiseau.

– Non, je trouve pas ça nul. Au contraire, moi aussi j'aurais bien aimé pouvoir penser au mien de père. Mais je n'avais quasiment aucun souvenir de lui...
– Et le pire, c'est que ça me rend pas vraiment heureux de penser à lui.
– Pourquoi ?
Gabriel se gratta nerveusement le bras.
– Parce qu'on s'est engueulés juste avant que je parte... Mon père m'a accusé de lui avoir volé sa pipe. Tu vois, il y tenait beaucoup, à cette pipe... parce qu'elle lui avait été transmise par son propre père, qui lui-même l'avait de son père, etc. Bref, je lui ai juré que c'était pas moi et il m'a dit que j'étais un menteur en plus d'un voleur... Je m'en souviens encore comme si c'était hier... Il avait le visage tout rouge, j'ai cru qu'il allait me frapper... C'est pile à ce moment-là que l'agent indien est arrivé !
– Et finalement, elle était passée où, cette pipe ?
– Ben, je te l'ai dit... Je suis un *bon voleur*. Je lui avais piqué sa pipe pour essayer de fumer avec mes copains. J'ai même pas pu lui dire où je l'avais cachée avant de partir... En fait, j'étais tellement effrayé que j'y ai même pas pensé. Du coup, mon pauvre père a perdu son fils *et* sa pipe le même jour.
Je serrai mes cuisses contre ma poitrine. Nous ne bougions plus depuis un moment et le froid était en train de nous tomber dessus.

– Tu l'avais mise où ?
– Sous le plancher de ma chambre. J'y ai une petite planque pour tous mes trésors, me confia Gabriel avec un sourire teinté de tristesse.
– Dans quelques jours, tu vas pouvoir lui rendre sa pipe... Ton père sera content.
– Ça, c'est sûr qu'il va être content ! s'exclama Gabriel.
À ce moment-là, un nouveau son entra dans la forêt, nous sortant brutalement de notre conversation.
– C'est quoi ?
– Écoute...
Ces aboiements et ces cris d'encouragements, nous les connaissions par cœur pour les avoir entendus des dizaines et des dizaines de fois auparavant. Finalement, ce n'étaient pas les gendarmes que sœur Clotilde avait envoyés à nos trousses, mais les chasseurs et leur meute infernale ! Et le pire, c'était qu'ils semblaient venir du sud, autrement dit, pile de l'endroit où nous voulions aller...
– Que je suis con ! Ils se sont rappelés ma cachette et ils essayent de nous prendre à revers !
– C'est pas possible ! On fait quoi alors ? s'alarma Gabriel.
– On court deux fois plus vite qu'hier !
Oui, nous allions devoir trouver la force de courir plus vite et, pire que ça, dans une direction opposée aux rails...

15

La sève d'érable coulait dans mes veines et me transmettait la force de l'arbre. Mon pouls battait sourdement sous mon crâne et se répercutait jusque dans mes talons qui frappaient le sol, insufflant mon rythme cardiaque à toute la forêt. Aux battements de mon cœur, aux halètements de Gabriel et aux hurlements des chiens se mêla bientôt le bruit d'une intense débâcle. À en croire ce mélange de craquements et de bouillonnements, nous nous rapprochions d'une très *très* grosse rivière.

Effectivement, lorsqu'elle apparut derrière une barrière de sapinettes, nous constatâmes que son lit était plutôt large. À vue de nez, une quinzaine de mètres d'une rive à l'autre. Mais le problème n'était pas là. Avec ce soleil intense, toute la glace s'était rompue et, en se disloquant, elle avait provoqué une forte augmentation du débit de l'eau. Il était absolument impossible de marcher dessus et encore moins envisageable d'y nager !

– Cette fois, on est foutus ! fit Gabriel en essuyant ses tempes couvertes de sueur.

Si tu penses à l'échec avant qu'il ne vienne, tu es sûr d'échouer...

Voilà ce que ma mère aurait répondu à Gabriel, pensai-je en m'approchant d'un arbre mort qui tenait miraculeusement debout sur la berge... Afin de le basculer, je fis peser tout mon poids contre le tronc et demandai à Gabriel de m'aider. Les hurlements se rapprochaient et nos pieds s'enfonçaient et glissaient dans la boue, nous empêchant de conserver une bonne prise au sol. La panique montait et, malgré moi, j'imaginais déjà comment les crocs des chiens happeraient nos jambes pour nous traîner aux pieds de Gordias.

– ALLEZ ! ENCORE UN COUP SEC ! hurlai-je en sentant le tronc bouger.

Dans un gémissement, l'arbre céda enfin et, sans un bruit, il tomba en travers de la rivière. La cime n'atteignait pas tout à fait l'autre rive mais, en nous dépêchant, c'était jouable...

– Ça va pas tenir longtemps ! lançai-je par-dessus le bouillonnement de l'eau, juste avant de m'élancer sur ce pont improvisé.

Je dérapai dans mon élan, me rattrapai juste à temps et me remis à courir. J'atteignis l'autre berge juste avant que le tronc ne commence à se déporter, obéissant à la violence du courant. Derrière moi, Gabriel avait peut-être hésité une seconde de trop car, lorsqu'il s'élança enfin, une détonation retentit derrière lui. Je le vis sursauter en sentant la balle lui érafler la joue. Plus loin, Gordias avait mis un genou à terre pour mieux viser. Les trois autres chasseurs couraient vers nous, mais ce furent les chiens qui arrivèrent les premiers... Bloqués par l'eau rugissante d'où sortaient çà et là des blocs de glace pointus, ils stoppèrent net sur la rive opposée. Frustrés, ils se mirent à tourner sur eux-mêmes et à faire claquer leurs mâchoires. Ils rêvaient de nous bouffer les mollets.

Gabriel n'était pas encore sorti d'affaire. Arrivé à mi-chemin, il se tenait en équilibre instable au milieu de l'eau torrentielle. Le tronc avait commencé à tourner et il était déjà en biais. Chaque seconde écoulée l'entraînait davantage dans le sens du courant...

– SAUTE ! MAINTENANT ! hurlai-je de toutes mes forces.

Les yeux exorbités, mon copain inuit venait de comprendre que, pour s'en sortir, il devait exécuter un bond de presque deux mètres jusqu'à la rive. C'était ça ou risquer d'être broyé par l'eau et la glace...

Un deuxième coup de feu lui donna l'impulsion qu'il lui manquait. Mais dans la panique, son pied ripa sur l'écorce et son corps bascula en avant. Il plongea, tête la première, dans un bouillon où flottaient des glaçons gris et coupants. Je le vis disparaître là-dessous, puis remonter à la surface en suffoquant. En m'avançant au plus près du bord, je tendis les bras le plus loin possible et parvins à le tirer hors de l'eau juste avant qu'un gros bloc ne lui écrase les jambes. En face, les chasseurs n'avaient pas perdu leur temps ! Moras et un des jumeaux venaient d'attaquer le tronc d'un grand arbre à la hache et Gordias se concentrait déjà sur son prochain tir.

– COURS, MON FRÈRE ! criai-je alors que deux nouvelles balles sifflaient près de nos têtes.

16

Tandis que nos poumons s'embrasaient, le ciel se remplissait d'épais nuages gris. L'air s'était refroidi et le vent s'était levé, signe que la pluie serait là d'une minute à l'autre. Mauvaise nouvelle. Après son bain forcé, Gabriel était déjà trempé. J'avais peur qu'il ne tourne de l'œil. Je courais derrière lui pour ne pas le perdre de vue mais, comme je l'avais craint, le sol boueux collait aux semelles de nos bottes et nous ralentissait.

Cours !
Cours tant que tu peux, tant que tu es en vie !
Cours, avant que la mort ne te rattrape…

Voilà ce à quoi je pensais en boucle, voilà ce que je répétais à Gabriel sans que les mots ne franchissent ma bouche. À fuir ainsi devant les chasseurs, je finissais par avoir le sentiment d'être dans la peau d'une bête traquée.

Combien de fois étais-je parti en chasse lorsque je vivais avec ma mère ? Des centaines certainement. Je me rappelais avoir chassé à l'affût, au filet, avoir posé un nombre incalculable de collets, mais je n'avais jamais chassé en battue... Je ne m'étais encore jamais imaginé ce stress intense et cette sensation d'être pris dans un étau qui, quoi qu'on fasse, se resserrait irrémédiablement.

Lucie avait dû ressentir la même chose avec la Vipère. Car, à bien y réfléchir, ce dernier avait procédé comme un chasseur de la pire espèce, resserrant son emprise sur elle jusqu'à ce qu'elle se débatte, trop tard, et qu'il lui prenne la vie.

Les jappements des chiens me tirèrent brutalement de mes noires pensées. La meute semblait à nouveau tout près et Gabriel ne cessait de ralentir sa foulée. La suite était prévisible. Ahanant, le front luisant, il finit carrément par s'arrêter.

– Qu'est-ce que tu fous ? Ils nous talonnent !

– Vas-y toi ! Moi, j'en peux plus ! haleta-t-il en s'appuyant contre un tronc d'arbre.

Au milieu de son visage, pâle et entaillé sur la joue gauche, ses lèvres étaient devenues bleues, avec un peu de violet aux commissures. Je tendis mes doigts vers son manteau et en éprouvai l'étoffe trempée.

– Enlève ces fringues !

Gabriel me regarda comme si j'étais fou.

– Quoi ? Maintenant ?

– Au point où on en est...
– Ça sert à rien, Jonas... Elles vont pas sécher...
– J'ai trois pulls sur moi. Je vais t'en filer un, plus mon manteau.
– Quoi ?
– Grouille !

Il ôta tous ses vêtements, excepté son pantalon, et enfila les miens. Bien emmitouflé, il s'immobilisa devant moi et je lus sur son visage un mélange de reconnaissance et de honte.

– Merci vieux, se contenta-t-il de me dire, les yeux brillants.

Nous ne nous étions arrêtés qu'une poignée de minutes, mais c'était déjà trop. Les aboiements nous encerclaient.

Est-ce que c'est la fin du voyage ?

J'observai le ciel. Les nuages étaient passés du gris clair au gris foncé, mais la pluie ne venait pas.

Un court répit.

Un battement d'ailes fit revenir mon regard vers la terre. J'aperçus une envolée de plumes noires et, un peu plus loin, la dépouille d'un renard. Son cadavre éventré gisait au pied d'un arbre.

– Les chiens vont pas nous lâcher, faut masquer notre odeur ! On va se frotter avec ça ! lui dis-je en désignant le cadavre de l'animal.

– C'est dégueu !

Au niveau de l'abdomen, une partie des organes étaient à l'air. L'œuvre du corbeau que nous venions de déranger en plein repas. Je m'accroupis et, après une courte hésitation, je plongeai mes mains dans les entrailles. Tout en regardant ailleurs, je fouillai le ventre de l'animal jusqu'à les ressortir rouges et visqueuses. Quelque chose bougea dans mon estomac, mais il tint bon.

– Approche ton visage.

L'odeur était vraiment épouvantable et Gabriel grimaça pendant que je lui badigeonnai le visage, les aisselles et le dos avec la matière organique. Je procédai sur moi de la même manière.

– Qu'est-ce que ça pue ! commenta-t-il.

– C'est l'idée... lui répondis-je en lançant le cadavre du renard en travers de mes épaules.

Ainsi grimés, nous nous remîmes à courir en slalomant entre les arbres.

17

Crevant la surface moelleuse et grise qu'était devenu le ciel tout entier, les premières gouttes arrivaient. Voilà pour la mauvaise nouvelle. La bonne nouvelle, c'était que mon subterfuge semblait avoir fonctionné. Les hurlements de la meute étaient allés decrescendo puis avaient cessé tout à fait, nous laissant au moins un peu de répit.

– Tu crois qu'ils ont fait demi-tour ? me demanda Gabriel en s'abritant sous l'épais feuillage d'une épinette.

– Ça m'étonnerait, répondis-je en me tournant vers lui.

– Oh là là ! T'as une de ces têtes ! On dirait un démon ! s'exclama-t-il en riant.

– Tu t'es pas vu !

Le sang du renard avait séché et formait d'étranges traînées ocre sur nos visages. Mais le pire, c'était cette odeur de pourriture qui chatouillait désagréablement nos narines depuis un moment déjà... Je fis glisser le cadavre jusqu'au sol, le traînai un peu plus loin et le déposai sur un tronc d'arbre couché.

– Il empeste un peu trop pour nous, tu peux le récupérer si tu veux, dis-je au corbeau qui planait toujours en cercles concentriques, juste au-dessus.

– Chais plus si c'est bon ou mauvais signe d'être suivi par un corbeau... commenta Gabriel en se grattant la tête.

– On s'en fout pas mal ! Notre problème, là tout de suite, c'est de retrouver le sud au plus vite. Et avec ces nuages, je ne vois ni la lune ni le soleil.

Le corbeau alla se poser sur une branche basse et croassa.

– J'ai comme un pressentiment, commenta Gabriel.

– Arrête, tu vas finir par nous porter la poisse. Si on les entend plus, c'est peut-être juste parce que... je sais pas moi... parce que l'un d'eux est tombé dans l'eau et qu'ils ont eux aussi besoin d'une pause ?

– Ah ouais ! J'espère que Gordias s'est pris un gros glaçon bien pointu sur la tronche ! s'exclama Gabriel en souriant malgré le froid qui réinvestissait déjà nos corps.

Autant pour se réchauffer que pour prendre de l'avance, je me remis en marche. Mais Gabriel me tira par la manche.

– Dis, Jonas, tu crois qu'ils veulent nous tuer ?

– Avec eux, on sait jamais... Mais il y a la récompense que les sœurs leur ont sûrement promise...

– Moi, je suis certain que ça leur ferait plaisir de *me* tuer ! Ils me détestent, ajouta Gabriel.

Je me mis à rire.

– Si tu crois que c'est personnel ! Ils détestent tout le monde, ces mecs-là !

– T'as raison ! Des fois, je me demande même s'ils se détestent pas eux-mêmes ! renchérit-il en riant doucement.

Les gouttes de pluie se multiplièrent et vinrent marteler nos crânes déjà humides. L'eau était glacée et j'eus du mal à retenir un claquement de dents.

– Tu veux ton manteau ?

Je secouai négativement la tête.

– Dans pas longtemps, on sera tous les deux trempés de toute façon, répondis-je en pointant mon index en direction du ciel qui ne cessait de se gonfler d'une multitude de poches grises.

Gabriel se mit à me fixer comme s'il voulait transpercer ma peau et voir ce qu'il y avait derrière. La pluie ruisselait sur son front et ses joues, mais il ne cillait pas.

– Qu'est-ce qu'il y a ?

– Pourquoi tu fais tout ça, Jonas ?

– Tout ça quoi ?

– Me filer ton manteau, me sauver la vie alors qu'on nous tire dessus, t'arrêter de courir pour moi... Je comprends pas bien... surtout que j'ai pas souvent été sympa avec toi ces derniers temps.

En vérité, j'y avais pas vraiment pensé. Tout ce que je savais, c'était que depuis la mort de Lucie, je ne réfléchissais plus vraiment à mes actes. Je me contentais de les enchaîner en suivant mon instinct. Un peu comme avant, lorsque je vivais libre dans la forêt.

Sauf, qu'à l'époque, j'étais heureux.

– Tu m'as filé des biscuits et un morceau de pain... c'était plutôt sympa... lui fis-je remarquer.
– C'est vrai ! admit Gabriel en souriant.
Au même moment, un hurlement de loup retentit dans le lointain, déclenchant l'envol du corbeau et un concert de jappements.
– Merde, ils sont pas loin ! Faut bouger !
Sans lune, sans étoile et sans soleil, il était difficile de savoir quelle direction prendre. De toute manière, une seule était vraiment envisageable : la direction opposée aux aboiements de la meute...

18

Lorsque, dans un grondement de chute d'eau gigantesque, le ciel éclata de colère, nous courûmes encore. Quand il nous assomma de froid en déversant sans relâche ses flèches argentées sur nos têtes, nous courûmes encore. Et lorsque l'encre de la nuit teinta progressivement les brumes du soir, nous continuâmes de courir sur la terre spongieuse. Dans un premier temps, nos poumons furent au bord de l'asphyxie et les muscles de nos jambes en feu. Mais au bout d'un moment, on dépassa la douleur, jusqu'à perdre toute notion du temps...

Malheureusement, un être humain ne peut pas courir éternellement. Surtout sans se nourrir et sans boire autre chose que les gouttes de pluie qui se nichent dans les plis de ses lèvres.

Je savais que les chasseurs étaient mieux équipés et mieux nourris que nous.

Et ils avaient les chiens.

Leurs aboiements finissaient toujours par se rapprocher et par résonner autour de nous, nous donnant parfois l'impression que la forêt elle-même se mettait à aboyer.

– On est perdus ? me demanda Gabriel.

La réponse était évidente. On n'y voyait pas à deux mètres.

– La pluie va masquer notre odeur. Il faut nous cacher le temps de reprendre des forces, décidai-je.

– Bonne idée, mais où ? me demanda Gabriel en ouvrant ses bras vers l'immensité de la forêt.

Je désignai un arbre creux qui pouvait nous accueillir tous les deux, à condition de rester debout.

C'était loin d'être idéal mais, dans l'immédiat, c'était notre seule option.

Nous y entrâmes l'un après l'autre et, nous calant contre l'écorce humide, nous reprîmes peu à peu notre souffle. Des pieds à la tête, nos corps tremblaient de froid dans nos vêtements trempés. Autour de nous, le tambourinement violent de la pluie sur la terre détrempée ne laissait pas présager d'accalmie.

À cette heure-ci au pensionnat, on enfile nos pyjamas et on se glisse sous nos couvertures.

À cette heure-ci, je laisse mes muscles se détendre et mon esprit se relâcher.

À cette heure-ci, j'entre mentalement dans la forêt et mon imaginaire en visite tous les recoins.

Cette fois, j'y étais bel et bien, les pieds dans la boue, le corps trempé jusqu'aux os, du sang de renard sur les joues, les narines saturées d'humus. Je ressentais la peur, la faim et le froid, mais je courais vers ma liberté.

Un halètement tout proche interrompit mes pensées.

Je serrai le bras de Gabriel pour l'alerter : un des chiens était là, juste derrière le tronc !

Ne plus bouger. Ne plus trembler. Ne plus respirer.

Mon cœur se contracta douloureusement et je crispai mon visage de toutes mes forces pour ne pas me remettre à claquer des dents. J'espérais que, de son côté, Gabriel faisait pareil...

– Typhus ! T'as trouvé quelque chose ? aboya soudain la voix de Gordias.

– Putain ! C'est pas deux Indiens de merde qui vont réussir à nous échapper, quand même !

Ça, c'était la voix enragée de Moras.

– Ce que je peux te jurer c'est que, d'une manière ou d'une autre, on aura leur peau, à ces sauvages ! ajouta-t-il.

Sous mes doigts, je sentais Gabriel trembler. Ça faisait un moment que nous retenions notre respiration et on n'allait plus pouvoir se contenir très longtemps... Mais que faire ? Au même moment, Typhus aboya et une détonation retentit tout près. En envahissant nos tympans, elle nous força à reprendre notre inspiration.

– Tu l'as eu ?

223

– Tu me prends pour qui ? Bien sûr que je l'ai eu ! Allez Typhus, va chercher notre menu du soir ! ordonna Gordias à son chien.

Juste après, les bruits de pas et les halètements s'éloignèrent. Cette fois, il s'en était vraiment fallu de peu...

19

Au fil des heures, la pluie s'épuisa. Les nuages disparurent et une lune gibbeuse éclaira le paysage aux teintes rincées. Se croyant seule, une chouette hulula juste au-dessus de nous. Son cri m'encouragea à sortir de notre cachette. Je m'extirpai du tronc avec l'impression de sortir d'un caveau. Mon corps s'était engourdi et j'avais des fourmis dans les jambes. Le froid de la nuit faisait couler mon nez et mes yeux. Je sentais la mort rôder et son odeur était partout. Dans la décomposition de la terre, dans ce tronc d'arbre mangé par les vers, dans les plaintes des loups et nos ventres vides...

À peine sorti de notre cachette, je pris une grande inspiration et fis quelques étirements pour dénouer mon corps et refaire partir la circulation de mon sang. À l'exception de mes pieds, bien protégés par mes bottes fourrées et mes empilements de chaussettes et de morceaux de laine, tous mes vêtements étaient trempés. Faute de pouvoir les sécher, il fallait au moins enlever le plus d'humidité possible. Je serrai les dents et me déshabillai pour les essorer.

– Tu crois qu'ils sont loin ? questionna la voix anxieuse de Gabriel, et j'eus brusquement l'impression que l'arbre était en train de me parler.

– Ils se sont arrêtés pour manger. Ils doivent pas être très loin, non, répondis-je en renfilant mes vêtements humides.

– T'as entendu ce qu'ils ont dit ? me demanda-t-il en sortant à son tour de l'arbre creux.

Sous la lumière lunaire, il ressemblait à un spectre.

– Ouais. Si seulement on avait une arme...

Gabriel se racla la gorge, plongea sa main dans la poche de son blouson et en ressortit un objet qu'il me tendit fièrement.

– Un couteau pliant ? Où t'as eu ça ?

– Je l'ai piqué quand on a traversé la cuisine... euh, tu veux pas les attaquer avec un couteau, quand même ?

Je regardai Gabriel, ébahi, on avait un couteau et ça changeait tout !

Je me retournai et commençai à scruter la végétation.

– Qu'est-ce que tu fais ?

– Je vais nous fabriquer une arme, mon frère !

Les yeux de Gabriel se mirent à briller.

– Un arc ? Tu veux faire un arc ?

– Ça sera pas le premier... D'abord faut trouver la bonne branche, de l'érable ou une autre espèce assez souple...

– Et pour la corde ? s'enthousiasma-t-il en m'aidant à fouiller le sol.

– Eh bien, j'avais mis de côté des tendons de caribou, c'est ce qu'il y a de mieux !

Sans attendre, je sélectionnai des branches sur les arbres. La lumière lunaire était si forte qu'elle faisait office de lampe.

– Les biscuits, les épingles, le couteau... t'avais quand même pas une planque dans le plancher du dortoir ?

Gabriel éclata de rire.

– J'y ai bien pensé, mais j'avais trop peur de me faire prendre ! Et pour les flèches ?

– C'est pas très difficile. Je vais te montrer, lui dis-je en commençant à ôter proprement l'écorce des branches les plus droites.

Je taillai rapidement des encoches à l'extrémité des branches. La vitesse à laquelle je retrouvais ces gestes du passé m'étonnait moi-même. J'avais l'impression que ma mère, où qu'elle fût, guidait mes gestes...

– Il me faudrait des pierres pointues maintenant.

– Ça, je peux m'en charger !

Gabriel trouva et tailla plusieurs éclats de pierre. Il était plutôt doué pour ce boulot. Ou, comme nous tous au fond, était-il seulement doué pour ce qu'il avait vraiment *envie* de faire ? En tout cas, ses pierres étaient parfaites. Il ne me restait plus qu'à les glisser dans mes encoches et à les

227

fixer solidement. Pour cette dernière étape, je devais délacer une de mes bottes.

– Qu'est-ce que tu fous ?

– J'ai besoin de corde pour fixer les pierres sur les entailles... mais si t'as une autre idée, je suis preneur !

– Euh non... fit Gabriel en faisant mine de planquer ses pieds.

Je secouai la tête en affichant un sourire ironique.

– T'inquiète, mon frère, mon lacet suffira.

20

Je savais que les chasseurs ne nous lâcheraient pas. D'abord, c'était dans leur nature de prédateurs. Ensuite, ils nous détestaient viscéralement. Quand je dis « nous », je parle des Indiens en général. Moi, j'étais un Cri, Gabriel un Inuit, mais pour eux on était juste des *sauvages*. Il s'agissait d'un racisme primaire, un instinct grégaire profondément installé dans leurs cellules. De père en fils, ils se transmettaient ce genre de pensée absurde : *Mon groupe est supérieur au tien. Il mérite davantage cette terre que ton groupe. Pour cette seule raison, nous devons tout faire pour t'éliminer.*

Évidemment, il y avait la récompense. Mais j'avais parfaitement saisi ce que Gordias avait dit à son acolyte. Ils voulaient notre peau. À l'instar de leur gibier, ramener cette peau leur assurerait d'être payés par les sœurs. Que nous soyons en vie importait peu. Peut-être même que ça faisait partie de leur contrat avec sœur Clotilde ? Une fois enterrés, qui pourrait prouver que nous avions été assassinés ? Les sœurs pourraient dire que nous avions été attaqués par un ours ou que nous nous étions noyés en nous enfuyant... Bref, j'avais compris que, si nous voulions nous en sortir, nous devions trouver un moyen de les stopper net. Et, pour le moment, je n'en voyais qu'un seul.

Tuer leurs chiens.

Sans leurs chiens, les chasseurs seraient aveugles. Ce serait beaucoup plus difficile pour eux de nous traquer. Et puis, ces chiens étaient des teignes, pire que ça, des machines à tuer. Ils voulaient choper tout ce qui passait près d'eux. Je le savais pour en avoir fait les frais... À l'évocation de ce souvenir douloureux, un frisson glacé me traversa. Je l'ignorai pour embrasser la forêt d'un long regard panoramique.

Les ombres mouvantes qui s'y cachaient la rendaient toujours plus inquiétante. Pourtant, je la craignais bien moins que ces quatre démons et leurs quatre chiens infernaux.

Plissant les paupières sur le paysage grisé, je cherchai l'arbre le plus haut, le repérai rapidement et m'avançai jusqu'à lui.

Prenant une longue inspiration, je posai mes mains bien à plat contre le tronc et, pour mieux sentir l'énergie qui montait de ses racines jusqu'au ciel, je fermai les yeux. Sous mes doigts, l'écorce rugueuse sembla bientôt s'animer de minuscules soubresauts. Connecté à l'arbre, j'entrepris d'y grimper. Ce n'était pas difficile. J'avais fait ça pendant toute mon enfance !

La dernière fois c'était il y a une éternité, avec Stella. Stella, dont je n'arrive plus à me rappeler le visage. Stella, dont la silhouette s'estompe plus vite depuis la mort de Lucie...

Au cours de mon ascension, je vis un bout de ciel apparaître entre les feuillages. J'y contemplai un moment la seule étoile que le firmament semblait porter. À défaut d'être entourée de ses congénères, elle brillait d'un éclat plus puissant.

Stella s'est-elle enfuie dans la forêt ?
Est-elle heureuse en ce moment ?
Ou, au contraire, s'est-elle étiolée dans un pensionnat ?

J'avais beau essayer de me connecter à elle, je ne parvenais plus à sentir le lien que j'avais maintenu pendant toutes ces années... Je finissais par me demander si mon cœur ne s'était pas un peu éteint à chaque mort, et si celle de Lucie n'en avait pas consumé le plus gros morceau. Au fond, cette pauvre étoile là-haut, seule dans l'immensité sombre, représentait peut-être la dernière étincelle que contenait mon âme...

Parvenu sur les branches hautes, je m'assis à califourchon et humai l'air frais et chargé d'humidité. Il ne pleuvait plus et le vent s'était levé. C'était un vent puissant qui venait du sud et qui masquerait mon odeur. Son souffle accentuait ma chair de poule et, pendant un instant, il me donna presque envie de m'envoler et de flotter au-dessus de la terre avec les âmes des morts.

Mais mon heure n'était pas venue.

L'extrémité de mes mains et de mes pieds était douloureuse.

Déjà, la cicatrisation des coups de fouet de sœur Clotilde tirait la peau de mon dos.

Mes yeux me piquaient et mon cœur souffrait.

Contrairement aux apparences, j'étais bien accroché au monde des vivants.

Du flou vers lequel m'emportait mon âme fatiguée, je refis la mise au point sur le paysage. La lune dardait son œil de pierre sur moi. Elle éclairait la cime des arbres d'une lumière bleutée qui me donna soudain l'impression de contempler un vaste océan. Un peu plus loin, mes yeux captèrent une colonne de fumée qui s'élevait au-dessus de la mer de feuillages.

L'endroit où les chasseurs bivouaquaient.

Il me suffirait de rester contre le vent pour que les chiens ne me sentent pas. Une fois là-bas, je grimperais dans un arbre surplombant leur campement et, un à un, je viserais ces sales bêtes à la gorge.

Je fermai les yeux pour mieux visualiser les chasseurs en train de dormir sur des bâches, leurs fusils allongés contre eux. C'était une folie, mais il fallait bien tenter quelque chose. Et puis, ils s'attendaient à tout sauf à l'attaque surprise de leur *gibier*...

Quitte à y passer, autant combattre.

Les deux mains accrochées aux branches du pin qui soutenait mon poids, je serrai les dents pour retenir un tremblement. Le froid s'infiltrait de plus en plus à travers les mailles humides de la laine.

La nuit, la température baisse encore aux alentours de zéro.

Si je ne bouge pas, le froid entrera dans mes veines et gèlera mon sang.

Mon cœur se figera et je mourrai dans cette forêt, porté par cet arbre.

L'esprit de ma mère viendra me chercher et me conduira jusque dans l'autre monde.

Je n'aurai plus besoin de lutter...

Soudain, ça semblait être la meilleure solution, la plus facile en tout cas...

– Jonas ? Tu es parti ?

La voix de Gabriel me parvint comme un coup de poing. Mon copain inuit était bien vivant et il comptait encore sur moi ! Je m'ébrouai. Après ce qui était arrivé à Lucie, je ne pouvais plus abandonner personne !

En plus, je crois que je commence à bien l'aimer, ce con. Et puis, au fond, il est pas si con que ça... pensai-je en sentant un petit sourire se dessiner sur mes lèvres.

Je me laissai glisser le long du tronc et m'avançai jusqu'à l'arbre creux. Mais Gabriel n'y était plus. Il était assis un peu plus loin, les yeux levés vers le ciel.

– Moi aussi j'en ai marre de me planquer dans ce truc qui sent la mort. Le tronc est pourri ou chais pas... Et toi, tu faisais quoi là-haut ?

– Je repérais leur campement.

– Et alors ? Ils sont loin ?

– Pas très, non.

– Tu fais une drôle de tête... qu'est-ce qu'il se passe ?

J'attrapai une des flèches et l'encochai dans la corde tendue de l'arc. Je visai un arbre au hasard, mais ne tirai pas.

– Je vais tuer les chiens. C'est le seul moyen pour qu'ils nous lâchent.

– T'es malade ? T'arriveras jamais à tous les avoir ! Si tu tues Typhus, il reste encore Tornade, Tempête et Machin, et les chasseurs sont à côté, ils vont te canarder tout de suite !

– Je peux en avoir deux avec l'effet de surprise, après je verrai bien.

– T'es malade...

– Tu l'as déjà dit. Tout ce que je sais, c'est qu'avec les chiens on a aucune chance. Ces mecs sont pas humains. Ils vont nous traquer, nous suivre où qu'on aille.

Je m'interrompis pour le saisir par les épaules et plongeai mon regard dans le sien.
- T'en as pas marre de fuir, Gabriel ? Moi, si ! Et je veux me battre maintenant ! Sauver ma peau !
- Tu vas crever oui ! me prédit-il avant de se figer.
- Quoi ?
- T'entends pas ? me demanda-t-il en pointant son index à l'opposé du campement des chasseurs.
Quelque chose, dans le lointain.
Un chuintement léger... puis, plus aigu...

Pas de doute : c'était bel et bien le sifflement de la locomotive qui nous appelait ! Cet appel relégua instantanément les chiens au deuxième plan. Il fallait se remettre à courir et attraper ce train, coûte que coûte !

21

La lune était à son zénith. Elle recouvrait le paysage d'une lumière laiteuse qui semblait avoir étouffé toute vie. Tant bien que mal, nous courions sur le sol détrempé, évitant les taches trop sombres, nous méfiant des trous d'eau glacée et des ombres furtives. Malheureusement, nous n'étions pas les seuls à avoir entendu l'appel du train. Très vite, les aboiements avaient repris dans notre dos et nos esprits fatigués s'étaient mis à imaginer que d'immenses mâchoires claquaient derrière nous, comme si quatre wendigos étaient lancés à notre poursuite.

Des créatures assoiffées de sang humain.

Des monstres cannibales qui ne nous lâcheraient que lorsqu'ils se seraient repus de nos chairs.

Lointains d'abord, les aboiements s'étaient rapidement rapprochés pour se disperser aussi vite. Avec soulagement, nous avions d'abord cru que les chiens avaient perdu notre trace. Mais la meute s'était vite ressoudée et, de nouveau, son chœur cacophonique se rapprochait de nous.

– Encore une rivière ! Qu'est-ce qu'on fait ? hurla Gabriel en stoppant net devant les flots mugissants.

Cette débâcle incroyablement rapide avait fait son œuvre et, même si l'eau devait encore être très froide, tous les blocs de glace avaient fondu.

– On n'a pas le choix cette fois, on saute ! lançai-je d'une voix suffisamment forte pour couvrir le vacarme.

– T'es dingue ?

– C'est notre seule chance ! L'eau nous rendra invisibles et le courant nous rapprochera plus vite des rails !

– Ou nous noiera !

Vus de la berge, des courants anarchiques malmenaient le lit de la rivière, comme s'il était devenu trop petit pour eux. Formant de vastes flaques à nos pieds, l'eau colérique éclaboussait le bas de nos pantalons, pressée de nous emporter avec elle.

Alors ? La noyade ou la mort par balles ?

Le choix était vite fait. J'enfilai mon arc autour de ma poitrine et glissai mes flèches entre ma cuisse et mon pantalon. Je pris la main de Gabriel et le forçai à sauter dans l'eau avec moi. Le choc thermique fut brutal. L'eau était encore plus glacée que je ne l'avais imaginé. Le froid serrait nos veines et je savais qu'il ralentirait rapidement notre circulation. Il ne fallait pas rester trop longtemps là-dedans, juste le temps de prendre un peu d'avance...

Nous agrippant tant bien que mal à une grosse souche, nous fûmes embarqués par le courant pile au moment où les chiens apparaissaient sur la rive. Une nouvelle fois, des coups de feu éclatèrent, colorant la nuit de brefs éclats orangés. La lumière nocturne n'aidait pas les tireurs et les balles sifflaient au-dessus de nos têtes. Mais, très vite, l'un des chasseurs sauta à son tour dans l'eau.

C'était Moras.

Cet enragé était prêt à risquer sa vie pour nous faire la peau ! Son visage apparaissait et disparaissait au gré des remous, luisant d'une blancheur spectrale. Il progressait rapidement vers nous, son couteau coincé entre les dents. Empêtré par mon arc et mes flèches, je n'avais aucune chance de lui échapper à la nage, et Gabriel semblait tétanisé, cramponné à la souche. Lorsque le chasseur fut à moins de deux mètres, je décidai de me désolidariser de notre planche de salut.

Gabriel s'éloigna avec et Moras se rapprocha.

Il n'était plus qu'à un mètre de moi quand je le vis saisir son couteau.

Un wendigo...

Projetant son bras en avant, il tenta de me planter et me rata de peu. Aussi enragé que son chien pouvait l'être, il se mit à frapper violemment les flots, manquant à chaque fois sa cible. On aurait dit un fou décidé à assassiner la rivière !

Mais ce que Moras ne savait pas encore, c'était que j'avais un couteau moi aussi.

Lorsque je disparus dans un remous, le chasseur dut croire qu'il m'avait touché et que j'étais en train de me noyer. En réalité, je n'eus besoin que de deux brasses pour toucher le fond, et remontai en repoussant le plus fort possible le lit de mes talons, mon couteau tendu vers la tache sombre qui s'agitait à la surface. Au contact de la peau, la lame marqua une légère résistance avant de pénétrer profondément dans sa chair.

Déformé par l'eau, son cri ressembla à celui d'un monstre marin et, dès que ma tête émergea des flots, il s'amplifia de façon irréelle. L'espace d'un instant, mes yeux croisèrent ceux du chasseur et, pour la première fois en six ans, j'y lus de la terreur pure. Cette même terreur qu'il cherchait tant à voir chez les bêtes qu'il traquait sans relâche...

22

Remonté un peu plus loin sur la rive, je me dissimulai derrière un rocher. Les rayons lunaires teintaient étrangement le paysage, me donnant l'impression d'être coincé dans un passage vers le Pays des Âmes. De là, je vis Moras regagner péniblement l'autre bord et ramper sur la berge. Bientôt rejoint par les autres chasseurs et la meute, il pointa son index en direction de la rivière en vociférant :
– Il m'a eu, ce bâtard ! Il m'a planté ! Attrapez-le et ramenez-moi ses burnes !
– On te laisse Tornade ? lui demanda un des jumeaux.
– Je m'en contrefous ! Allez le choper, je vous dis ! Ah... c'est pas vrai !
– Cilas, essaye de lui faire un bandage pendant que ton frère et moi on leur file le train ! Ils vont nous payer ça ! rugit Gordias.

Excitant les chiens de la voix, les deux hommes s'élancèrent à leur suite en suivant les berges de la rivière.

Gabriel avait pris de l'avance, mais il devait être épuisé et je craignais qu'ils finissent tôt ou tard par le rattraper... Oubliant ma peur et le froid, j'entrai à nouveau dans l'eau pour me laisser porter par les rapides. Colas et les chiens avaient rapidement distancé Gordias dont j'apercevais la silhouette massive courant seule sur la berge. C'était ma chance...

Moitié nageant, moitié dérivant, je gagnai rapidement du terrain. Arrivé à sa hauteur, je sortis de l'eau et me ruai sur lui pour le percuter de toutes mes forces. Il ne m'avait pas vu arriver et, sous l'impact, il lâcha son fusil et tomba à la renverse. Un peu sonné, il roula presque aussitôt sur le ventre pour le récupérer. Je me jetai de nouveau sur lui comme un forcené, attrapant sa tête à deux mains pour la cogner sur le sol. Tout en se débattant, il tenta de tourner le canon de son arme vers moi. Mais ce n'était plus un gamin qu'il avait en face de lui, ni le pensionnaire paralysé par la peur que son chien avait blessé six ans auparavant ! Les poumons déchirés par l'effort, je passai mon bras autour de son cou et serrai de toutes mes forces, bloquant sa nuque en arrière avec mon autre bras. Gordias donna de furieux coups de coude dans mes côtes pour me faire lâcher, mais j'étais dans une telle rage que la douleur ne m'atteignait pas... Tandis que je maintenais la pression, je sentis ses gestes ralentir et je vis les veines de son cou gonfler.

Puis, il se relâcha soudain, sans connaissance. J'aurais pu l'achever à ce moment-là. Je choisis pourtant de le repousser sur le côté. Je ramassai mon arc et mes flèches et, sans un regard en arrière, je regagnai le torrent.

Environ un kilomètre plus loin, tandis que mon corps était secoué de tremblements et que mes dents claquaient sans que je puisse les arrêter, je vis enfin Gabriel. Il était sorti de la rivière et se tenait debout, immobile, le visage tourné vers les aboiements. À mon tour, je tentai de m'extirper des flots, mais la grosse racine que j'avais visée me glissa des mains et je fus emporté un peu plus en aval.

De là où j'étais, je voyais les chiens arriver en trombe et Gabriel, de dos, faisant tournoyer une pierre au-dessus de sa tête. Il la lança avec précision, touchant Tornade au museau. La chienne hurla de douleur et tomba en avant en faisant une roulade, entraînant Typhus dans sa chute. Gabriel se réarma rapidement et visa Typhus à la tête, mais ne fit que l'égratigner. J'atteignis la berge au moment où les trois chiens, mâchoires écumantes, se remettaient à courir vers lui. Tétanisé, il devait être en train de se préparer à la douleur des crocs déchirant sa cuisse. Aussi, lorsqu'il sentit ma main humide le tirer par le col, il faillit m'envoyer un coup de poing. Derrière le bruit de l'eau et les jappements des chiens, il n'entendit pas tout de suite ce que je lui disais.

– Cours ! finit-il par saisir, tandis qu'une de mes flèches transperçait l'air pour aller se ficher dans la patte de Taïga.

– Non ! fit Gabriel en faisant tourner une autre pierre au-dessus de sa tête. Tu l'as dit toi-même ! Si on veut s'en sortir, il faut tuer ces maudits clébards !

Touchée à l'œil, Tempête lâcha un cri de douleur et s'affala sur le sol. Une autre flèche égratigna Typhus et le mit en fuite. Mais le pire restait à venir. Derrière les deux chiens blessés, Colas nous tenait en joue.

– La partie est finie, bande de salopards !

Gabriel était placé en première ligne et je me trouvais pile derrière lui. Si le chasseur tirait maintenant, il pouvait nous transpercer tous les deux avec une seule balle ! Je devais l'empêcher de nous tuer, il FALLAIT que je le touche avant que son doigt n'appuie sur la détente ! Sans réfléchir, je me jetai aussitôt sur le côté en ajustant ma flèche. J'entendis la détonation au moment où je relâchais la corde. La flèche fendit l'air dans un sifflement pour se planter dans le cou du chasseur avec un claquement mat. Il lâcha son arme et porta ses mains à sa gorge d'un air incrédule, tentant désespérément de retirer la flèche. Pour finir, il tomba à genou et sa tête bascula avant de heurter le sol boueux dans un bruit de succion écœurant.

– Celui-là ne nous fera plus jamais de mal, dis-je en me retournant vers Gabriel.

Mais ce dernier était à terre, couché sur le flanc. Une tache rouge grandissait au niveau de son poumon droit. Affolé, je m'agenouillai près de lui et relevai doucement son buste que je calai contre ma cuisse. Il ouvrit les yeux et me regarda avec étonnement.

– Ça y est, il m'a eu, ce salaud...

– C'est rien, ça va aller...

Mais sur sa poitrine, la fleur de sang s'épanouissait.

– Je crois pas non... Mon cœur est tout faible, on dirait des battements d'ailes de papillon, me souffla-t-il d'une voix cassée.

Je déchirai un morceau de mon pantalon pour l'appliquer sur la plaie. Au passage, je constatai qu'il avait délacé une de ses chaussures pour fabriquer sa fronde.

– Ça va aller, mon frère ! On y est presque !

La main de Gabriel agrippa mon épaule. Usant ses dernières forces, il planta ses yeux dans les miens.

– Te fatigue pas... C'est la loi de la forêt. Samson le dit toujours... Seuls les plus forts survivent, ajouta-t-il d'une voix étonnamment calme, juste avant de se laisser glisser sur le sol.

Je restai un instant interdit, tandis que des hurlements de colère emplissaient les bois. Apparemment, Gordias venait de se réveiller et de retrouver son chien blessé... Je ramassai mon arc qui gisait sur le sol et le replaçai autour de ma taille.

Trop de morts.

Il y a déjà eu trop de morts !

Submergé de douleur et de colère, je saisis Gabriel par les épaules et le juchai sur mon dos avec une force qui me surprit moi-même. Je jetai un regard implorant aux épinettes avec l'impression qu'elles m'observaient.

Aidez-moi à le ramener !

Ralentissez-les ! les suppliai-je en silence.

23

Je courais dans la lumière bleutée avec Gabriel sur mon dos et le sentiment d'être coincé dans un cauchemar sans fin. Avec la panique, je ne sentais plus ni la faim, ni le froid, ni les crampes. Je ne savais plus vraiment où j'étais, ni même si je fuyais dans la bonne direction. J'essayais de maintenir Gabriel éveillé en lui posant des questions, tout ce qui me passait par la tête. Il avait trop mal pour répondre et se contentait de geindre. Au bout d'un moment, il se tut. Et puis soudain, alors que je n'avais plus la force de dire quoi que ce soit, il se mit à parler d'une voix étrange, comme s'il s'adressait à quelqu'un d'autre.

– Le lac gelé... papa... tu avais fait un trou... mon premier poisson...

Il délirait.

– Un brochet... t'aurais vu ça... et ton regard... tu étais... fier... fier de moi...

– Je parie qu'il était énorme, ce brochet ! Hein mon frère ?

Pas de réponse.

– Tu vas bientôt pouvoir raconter tes exploits à ton père ! T'es un as de la fronde ! Moi aussi quand j'étais petit, je visais des lemmings et des campagnols. Pour faire mouche, ma mère me disait *il faut faire le vide dans ta tête... C'est ça le secret... c'est le cœur qui guide... le cœur...* Chais pas si c'était ta méthode, mon frère, en tout cas tu les as bien dégommés !

Gabriel ne réagissait plus. J'aurais voulu m'arrêter, mais je me disais que les autres nous talonnaient toujours et que je devais continuer de courir, alors c'est ce que j'ai fait. Au début, le poids de son corps m'écrasait. Et peu à peu, il est passé d'extrêmement lourd à étonnamment léger. Alors que je longeais toujours la rivière furibonde, c'était comme si mes pas ne faisaient plus aucun bruit en se posant sur le sol. J'ai fini par avoir l'impression d'être un fantôme transportant un autre fantôme.

Un peu plus loin, je croisai un caribou qui, au lieu de fuir, cessa simplement de brouter pour nous regarder passer. Je ne sais pas si c'était à cause de l'épuisement ou de la faim, mais tout se distordait dans une sorte de ralenti étrange qui m'offrit le temps d'observer sa ramure. Incroyablement développée, recouverte de velours, c'était comme si un jeune arbre croissait sur son crâne. Majestueux, ce caribou ressemblait aux esprits protecteurs de la forêt dont me parlait ma mère quand j'étais petit. Après un moment, l'animal tourna lentement sa tête vers l'ouest et je suivis son regard mat jusqu'à apercevoir deux barres métalliques et parallèles qui filaient entre les arbres quelques centaines de mètres en contrebas...

– Tiens le coup, mon pote ! Je vois les rails ! Les rails ! On est presque arrivés !

Mais dans mon dos, aucune réaction.

– Où est ce foutu train ? Y a pas intérêt à le rater !

Malgré mes douleurs dans les poumons, les reins, les épaules, les mollets, je tentai un sprint. Je devais trouver des secours, quelqu'un qui puisse sauver mon ami ! Mais, soudain, je sentis ses mains se dénouer de mes épaules. Gabriel s'affaissa. Je fus obligé de m'arrêter pour retenir sa chute. En glissant contre mon dos, il ranima les blessures que sœur Clotilde m'avait infligées. Je grimaçai de douleur et, le soutenant par les aisselles, je l'adossai contre un arbre.

J'avais peur de le regarder.

Pourtant, il le fallait bien.

Je levai lentement mes yeux vers les siens.

Je connaissais déjà ce regard vide pour l'avoir croisé bien plus souvent que je ne l'aurais voulu. Bouleversé, je me tournai vers l'arbre. Le tronc devait bien faire entre quinze et vingt mètres de haut. Ses feuilles printanières, aux nervures palmées, ne laissaient aucun doute : il s'agissait bien d'un érable.

L'arbre préféré de Gabriel.

– Désolé, mon ami, furent les mots qui sortirent de ma bouche tandis que le paysage semblait se transformer en cendres.

J'entendais le train arriver. Il serait proche d'une minute à l'autre et, si je ne courais pas tout de suite pour l'attraper, j'allais le rater. Derrière moi, les hurlements de Typhus, mêlés à ceux des deux derniers chasseurs, se rapprochaient. Même à moins de la moitié de leur effectif, ils semblaient venir de plusieurs côtés, indiquant une tentative d'encerclement.

La mise à mort finale... Ils procèdent comme pour une battue, exactement comme si nous étions des animaux, constatai-je, sans pourtant ressentir le moindre sentiment de peur.

Le cœur broyé à un stade où il n'en restait plus grand-chose, je trempai mon majeur et mon index dans la boue noire. Puis, je traçai deux traits sombres sous les yeux de Gabriel avant de procéder de la même manière sous mes propres yeux. À ces larmes de terre, j'ajoutai sur nos fronts et nos joues le sang de Gabriel. Ainsi grimés de rouge et de noir, nous portions tous les deux le masque complet des Algonquiens, nos ancêtres communs.

Mais je suis vivant, et Gabriel est mort.

À cette pensée, la boule compacte, que je portais dans mon ventre depuis qu'ils m'avaient arraché à ma mère, explosa. Il en sortit quelque chose de sombre et d'opaque... une sorte de mélasse crasseuse qui se déversa brusquement dans tout mon corps. Cette colère, je l'avais maintes fois sentie frémir au fond de moi. Pendant six longues années, j'avais tout fait pour la repousser, l'endormir et la bercer de promesses.

Cette fois, je la laissai m'envahir et me posséder tout entier.

– Reste encore un peu avec moi, mon frère, murmurai-je dans un souffle avant d'approcher ma bouche de son oreille et de lui faire une promesse que même la forêt n'entendit pas...

Dans le lointain, les sifflements du train s'enfuyaient dans la nuit. Tout près, le reste de la meute me promettait une mort rapide et violente. Délicatement, je fermai les yeux de Gabriel et remontai le col de son manteau. Ensuite, le cœur gorgé de haine brute, je me relevai pour attendre mes derniers poursuivants...

24

La pluie se remit à tomber. C'était une bruine collante qui s'évaporait des corps. Bientôt, j'eus le sentiment de voir l'âme de mon ami s'envoler doucement vers le ciel.

– *Adwachiyeh... Adwachiyeh*, mon frère ! lui lançai-je avant de me dénuder et de grimper rapidement dans l'érable.

Lorsque je fus suffisamment haut perché, j'entaillai l'écorce et aspirai la sève sucrée à même le tronc. Je sentis le liquide glisser vers mon estomac. Je me mis debout sur une des hautes branches et, attentif aux sons de la forêt qui perçaient le silence, je les attendis.

Ce fut Typhus qui déboula le premier.

Bavant, grognant, ce n'était plus un chien, mais plutôt le monstre qui s'était un jour repu de ma chair. Un monstre affamé qui s'approchait du corps sans vie de Gabriel sans savoir encore qu'un être sombre l'observait depuis son perchoir. Accroupi à plus de trois mètres du sol, le cœur aussi froid que ces larmes qui tombaient doucement du ciel, je tirai sur la corde de mon arc et visai calmement.

La dernière flèche dans l'encoche, la main qui se crispe sur la corde, le muscle qui part en arrière, le sifflement soyeux qui traverse l'air, à peine un couinement et...
Typhus s'affaissa.

Ça avait été facile, si facile que je ne regrettais qu'une chose : si j'avais écouté mon instinct et tué ces sales bêtes un peu plus tôt, Gabriel ne serait pas mort... Malheureusement, je ne pouvais pas remonter le cours du temps et modifier mes actes. Et je n'oubliais pas qu'il me restait encore Gordias et Cilas à affronter.

Problème : je n'ai plus de flèche et pas le temps d'en tailler de nouvelles.

Je pensai vaguement au couteau, qui se trouvait toujours dans la poche du pantalon que j'avais abandonné par terre, mais ne fis pas un mouvement pour aller le récupérer. J'étais subjugué par la brume qui, à l'instar du fantôme de la pluie, s'élevait maintenant de la terre. De plus en plus épaisse, elle monta jusqu'à moi, m'entoura comme un nuage et me donna l'illusion que la forêt voulait me cacher à mes ennemis. Tandis que l'humidité se collait à mon corps nu et tentait d'entrer en moi par tous les pores de ma peau, j'entendis soudain le chant des loups. Cette fois, ils étaient tout près, peut-être sept ou huit, certainement attirés par le sang. Pour en avoir déjà croisé à la fin de l'hiver, je savais que les bêtes en sortaient souvent efflanquées et prêtes à tout pour épaissir leurs corps décharnés...

– *Mahigan* ! *Mahigan* ! *Mahigan* ! les appelai-je en langue algonquine.

Des hurlements profonds firent écho à ma voix. Et, tandis que la brume s'enrichissait d'odeurs animales, j'entendis Gordias crier tout près :

– T'aurais jamais dû tuer mon chien, sale bouffeur de bannock ! Maintenant, ce sont mes crocs que tu vas sentir dans ta chair !

Ils sont tellement prévisibles, pensai-je furtivement avant que toutes mes pensées ne s'effacent.

Des coups de feu retentirent plus bas, cherchant à me toucher, mais je ne m'en inquiétai pas. La brume me cachait et me transportait, tandis que je respirais la forêt et que je faisais corps avec elle. Nourri par elle, je sentais la sève qui remontait des profondeurs de la terre, grimpait des racines jusqu'aux plus fins branchages avant d'entrer dans mon corps.

Fermant les yeux, ouvrant les bras en croix, j'inspirai profondément et fis mentalement le trajet inverse. Je descendis dans le tronc, traversai la terre grasse et grouillante d'êtres minuscules et allai sucer le sang de mes ancêtres, celui-là même qui avait arrosé cette terre pendant plus de sept mille ans.

Je me souvins brusquement de mon clan.

Le clan du mahigan, le clan du loup, auquel appartenaient mon grand-père et mon père. Je réalisai que ma meute à moi était là, partout dans cette forêt, et jusque dans les cris aigus de ces animaux sauvages. Alors, sans plus retenir ma douleur, je levai mon menton vers la cime de l'arbre et poussai un long, un très long hurlement.

Lorsque je me tus, j'eus le sentiment que la forêt s'était figée pour m'écouter. Dans ce silence si pur, le claquement du fusil qu'on réarme me sembla grossier. Je me rendis compte que la brume s'était légèrement dissipée et, au travers des branches, j'aperçus Gordias. Son visage portait les traces de notre lutte, pommette tuméfiée et œil droit fermé. Il leva son arme vers moi et sembla hésiter devant cette cible trop facile qui ne tentait même pas de fuir. La folie meurtrière qui brillait habituellement dans ses yeux avait cédé la place à une lueur d'inquiétude. Quelque chose n'allait pas. Il tourna légèrement la tête et il les vit. La meute s'était groupée derrière lui, attentive et menaçante. Le loup de tête grogna en avançant doucement. Gordias retourna son fusil et tenta de faire feu, mais le coup ne partit pas. Tout en reculant, il tenta plusieurs fois de réarmer. Sans succès. Brusquement en proie à la panique, il lâcha son fusil et commença à courir. C'est le moment que choisit le chef de la meute pour attaquer, suivi par tous les autres.

JOUR 1 DE LA MORT DE GABRIEL

Les loups quittèrent la clairière en même temps que la brume. Ils ne laissèrent aucun vestige du corps, si bien que je me demandai si j'avais rêvé... Peu après, un soleil blanc, encore délavé par l'hiver, réchauffa légèrement la forêt. Au travers des feuillages, j'apercevais la rivière. Déjà plus claires, ses eaux mouvantes étincelaient sous le soleil, mais cette paix environnante était trompeuse. À tout moment, Cilas, le jumeau encore en vie, pouvait surgir pour venger son frère...

Je descendis de l'érable, renfilai mon pantalon et ramassai le fusil et la besace déchirée qui gisaient au pied de l'arbre. Hormis ses affaires, pas de trace du corps de Gordias. Il semblait s'être volatilisé...

Toujours adossé au tronc, Gabriel s'était affaissé, mais son visage semblait apaisé. Je l'allongeai précautionneusement par terre sans quitter des yeux les alentours. Puis, je fis le point sur mon matériel. Mon arc bricolé à la hâte avait tout donné et ne valait plus grand-chose. J'enclenchai deux cartouches dans le canon du fusil.

Mourir n'était plus une option.

D'abord, je devais enterrer mon ami selon la tradition, c'est-à-dire pas avant que se soient écoulés quatre jours et quatre nuits. Pendant tout ce temps j'avais, comme disait le bon père Tremblay, « du pain sur la planche ». Pour commencer, j'entrepris de déshabiller Gabriel. Je lui ôtai délicatement mon manteau taché de sang. Dans une des poches, je trouvai quelques pierres, ainsi que son pendentif que je déposai sur une racine qui saillait. Ensuite, je fis glisser les pulls trempés, délaçai ses bottes, les lui ôtai et le débarrassai de ce pantalon en mauvaise flanelle grise que le pensionnat nous avait forcés à porter et que nous n'avions jamais aimé. Enfin, je pris son corps nu dans mes bras et le transportai jusqu'à la berge.

Là, je le plongeai longuement dans l'eau vive, prenant soin d'enlever tout le sang qui s'était collé autour de sa plaie. Ensuite, je le séchai soigneusement avec des feuilles d'érable, l'installai sur un lit bien sec de branches de sapin et lui enfilai le manteau que je venais de trouver dans la besace du chasseur.

C'était un manteau d'été en cuir, miraculeusement intact, si doux et si propre que j'étais sûr qu'il n'avait encore jamais servi. J'aurais reconnu cette odeur de peau tannée entre toutes, car elle me rappelait instantanément les vêtements que portait ma mère. C'était de la peau d'orignal, très certainement celle de la bête qu'ils avaient dépecée le jour où Gabriel et moi retapions leur cabane...

Épuisé par tous ces gestes, je me rendis compte que j'étais assoiffé. Je m'écartai de Gabriel pour m'agenouiller au bord de la rivière, plongeai mon visage sous l'eau, me frottai les yeux et lapai un peu d'eau. Tandis que je me délectais de la sensation du bain sur mon visage, je sentis une présence derrière moi. Affolé, je me retournai, mais ne vis rien de particulier. En me relevant, je saisis le fusil que j'avais abandonné par terre, actionnai la clé de bascule et plaçai mon doigt sur la détente.

Je suis sûr qu'il y a quelqu'un, pensai-je en balayant le paysage, l'œil au ras de la mire.

Je ratissai longuement les broussailles et demeurai un moment sur mes gardes, mais la présence ne se fit plus sentir.

En fin d'après-midi, le corps de Gabriel était empaqueté de cuir et d'écorces de bouleau, deux matériaux qui le protégeraient parfaitement de la souillure de la terre. Ainsi, il ressemblait à une grosse larve de papillon et cette vision me fit penser à ma mère. J'espérais qu'après sa mort, quelqu'un s'était aussi bien occupé de son corps et que son âme avait pu voyager à son aise. Et Lucie ? Ma chère Lucie... Qui s'était chargé de sa tombe en mon absence ?

Brusquement, un long frisson me traversa. J'avais oublié que j'étais toujours torse nu ! Avisant la tombée du jour, je me dépêchai d'aller chercher du petit bois que j'entassai dans un creux du terrain. J'avais vu un briquet dans la besace du chasseur, mais je préférai faire partir un feu comme ma mère me l'avait appris. Je rassemblai donc quelques brindilles sur une branche de cèdre bien sèche et y insérai de fines écorces de bouleau. Puis, j'y plantai un bâton de cèdre que je fis rouler rapidement entre mes mains jusqu'à ce qu'une étincelle embrase mon petit fagot. Je n'avais pas perdu la main. Le feu lancé, j'allai laver les vêtements de Gabriel dans la rivière et les mis à sécher devant les flammes.

Ce travail achevé, je me rendis compte que j'avais faim. Il était trop tard pour chasser.

Faute de mieux, je fis chauffer un peu d'eau dans la tasse émaillée du chasseur et y plongeai quelques branches de pin pour me faire une infusion. Je la sucrai avec la sève d'érable et la bus par petites gorgées en regardant les flammes. Pendant que mon torse se réchauffait, mon esprit se remémora ces longues soirées passées la tête sur les genoux de ma mère. Le feu brûlant une de mes joues, mes yeux plongés dans le ciel étoilé, je me sentais alors en paix. En fermant mes paupières, j'arrivai presque à me rappeler l'odeur de la sauge qu'elle faisait flamber tout près de nous pour éloigner les mauvais esprits. Mais tout cela me semblait loin désormais, si loin que cela ressemblait à une autre vie...

DE LA FORÊT

Pour la forêt, l'accès au soleil est une question de vie ou de mort. Après avoir patienté tout l'hiver, les arbres vibrent de sentir la sève remonter par le tronc et nourrir les jeunes bourgeons. Sous l'effet de la lumière, les cônes durcis par l'hiver éclatent. En sortent de jeunes pousses qui se déplient pour repeupler les arbres de feuilles jeunes et grasses...

À l'inverse, le jeune homme vivant avait enfermé celui qui était mort dans une épaisse coquille. Non loin, un autre être humain, plus grand et plus fort, observait tous ses gestes. Il tentait d'être aussi discret qu'un loup, mais n'y parvenait qu'à moitié.

– Arrête de me tourner autour, Cilas, et finissons-en ! hurlait de temps en temps le jeune homme, qui avait senti sa présence.

Au lieu de répondre, l'autre, qui était aussi plus vieux, se cacha plus profondément dans les fourrés. Le plus jeune enfila alors les vêtements qui avaient séché devant le feu. Puis il jeta trois branches dans le foyer et mâcha quelques feuilles de plantain. Son maigre repas avalé, il but un peu à la rivière et se mit à fouiller les arbres. Il coupa une branche et, à l'aide d'un objet métallique qu'il avait sorti de sa poche, il la tailla en pointe.

Après ça, il marcha dans la rivière, de l'eau jusqu'à la moitié du corps, jusqu'à atteindre un banc de sable. Un poisson passa entre ses jambes. À l'aide de la branche pointue, il donna un grand coup dans sa direction, mais le rata. L'eau courait vigoureusement entre ses cuisses, mais il ne bougea plus pendant un long moment.

Un peu plus tard, il manqua de peu un deuxième poisson.

La forêt commençait à se désintéresser de lui, quand son pieu s'enfonça dans le ventre gris du troisième. Poussant un cri de victoire, il le sortit de la rivière et le ramena sur la berge. Là, il lui coupa la tête et le sang du poisson s'enfonça dans la couche d'humus. Il le frotta encore dans tous les sens et le planta sur une autre branche pointue pour le mettre au-dessus du feu.

Aucun autre animal ne mettait la nourriture sur les flammes avant de la manger, pourtant le jeune homme grognait comme un loup en croquant dans la chair. Son repas terminé, il arracha un gros morceau d'écorce et se mit à creuser le sol. Cela dura si longtemps que la forêt se lassa de le regarder faire. Elle jeta un œil dans la cachette de l'autre être humain, celui qui était plus vieux. Voyant qu'il dormait, elle dispersa sa conscience dans chaque bourgeon de chacun des arbres...

NUIT ENTRE LE JOUR 2 ET LE JOUR 3 DE LA MORT DE GABRIEL

Je ne parvenais pas à fermer les yeux. J'étais sûr que quelqu'un rôdait. J'imaginais Cilas en train de m'observer depuis les fourrés. Avec la fatigue, son visage se transformait en celui du père Séguin, revenu sous la forme d'un wendigo affamé de chair humaine... Je me disais qu'il prenait sacrément son temps pour préparer sa vengeance et le jeu de mon esprit consistait à anticiper laquelle. J'avais tué son frère. Il souhaitait certainement me faire subir les pires souffrances. Ma main ne quittait plus la détente du fusil. Je guettais chaque bruit, chaque mouvement traversant la forêt. Lorsque l'angoisse me tétanisait et que le froid descendait sur mon dos, je me rapprochais au plus près des flammes. Je tendais mes mains vers elles et, les oreilles ouvertes sur les bruits de la nuit, je me pinçais le bras pour ne pas laisser mes paupières se fermer...

JOUR 3 DE LA MORT DE GABRIEL

Il me fallut toute la matinée suivante pour achever de creuser la fosse. Ensuite, les heures passèrent sans autres mouvements que celui de l'eau qui s'écoulait vers le sud et celui de ce feu qui brûlait continuellement près du trou. À chaque fois que j'y jetais une branche, je regardais le trajet de la fumée qui s'envolait au-dessus de la cime des grands arbres. J'espérais que sa combustion aiderait l'âme de Gabriel à trouver le chemin des esprits. De temps en temps, je murmurais une prière. Pas les prières qu'on nous avait apprises au pensionnat, plutôt celles que ma mère adressait à la forêt...

Après plusieurs heures à nourrir le foyer, j'étais en nage. Je retournai à la rivière pour m'y rafraîchir et y boire de grandes goulées d'eau fraîche. Le temps s'était amélioré et l'eau, plus lisse que la veille, me renvoya mon reflet. Étonné, j'observai mes yeux noirs, puis mes sourcils froncés et mes joues noircies par une barbe que je n'avais pas sentie pousser. Dans ce portrait d'homme, je ne discernais plus la trace de l'enfant que j'avais été. À part peut-être plus bas, sous ma pomme d'Adam, où dansait joyeusement le joli coquillage que Stella m'avait offert. *C'est nous. Cet été. Ce moment... Je l'ai fabriqué pour toi, Jonas...* m'avait-elle murmuré amoureusement, du haut de ses dix ans.

Sous le coup d'une impulsion, je l'arrachai de mon cou et le gardai un instant dans ma paume repliée. Puis je me levai et retournai vers la chrysalide qui séchait dans l'attente de son dernier voyage. Je m'agenouillai près d'elle et, délicatement, je déposai le bijou à l'emplacement de la poitrine de Gabriel. C'était exactement ça que je voulais lui offrir : un peu de la chaleur de l'été et notre présence à ses côtés pour son dernier voyage...

En fin d'après-midi, j'entrai dans l'eau et attrapai plus rapidement que la veille un poisson bien charnu. Cette fois, je pris tout mon temps pour l'écailler et le vider, trouvant une joie enfantine dans ces gestes simples. Je mesurais comme jamais la fragilité de nos existences et la chance incroyable que j'avais d'être en vie. L'air qui entrait dans mes narines, la brise fraîche qui faisait frissonner ma peau, les sons harmonieux des chants d'oiseaux et de l'eau qui coule étaient des cadeaux précieux. Comme la foudre qui s'abat sur un arbre au hasard et le consume jusque dans ses racines, nous pouvions être happés par la mort à tout moment. En y réfléchissant, dans les conditions que j'avais vécues, mon existence actuelle tenait pratiquement du miracle...

Ce soir-là, j'appréciai la chair goûteuse et la peau grillée du poisson comme s'il s'agissait de mon dernier repas. Je fermai les yeux pour savourer la sensation de satiété qui réchauffait mon ventre, et goûtai à la chaleur piquante des flammes sur mon visage.

Les yeux tournés vers le ciel, je vis toutes les nuances de bleu se succéder, devenir grisées, puis noires. Et lorsque le ciel se piqueta d'une multitude d'étoiles, je m'allongeai sur un lit de branches de sapin près de Gabriel et m'endormis brutalement.

Je rêvai que tous mes morts venaient me visiter au cœur de la forêt. C'était un beau rêve, au sein duquel nous partagions un immense festin. J'y voyais parfaitement le visage de ma mère, celui de mon père, de mon grand-père, de Gabriel, de Lucie et de tous ceux qui étaient morts de la grippe au pensionnat. Tout le monde dansait, riait, parlait fort et la viande de caribou croustillait agréablement sous les dents...

JOUR 4 DE LA MORT DE GABRIEL

Au soir du quatrième jour, ma tâche était presque terminée. Sans émotion particulière, je constatai que personne n'était venu me chercher ni ne m'avait attaqué. Pourtant, nous avions eu une visite nocturne. Dans la terre encore humide, je reconnaissais l'empreinte fraîche d'une patte d'ours. Ma mère disait que l'ours est le grand-père de tous. Cela me rassura. Je me dis que s'il était venu voir Gabriel, c'est que j'avais fait les choses correctement...

Il ne me restait plus qu'à enterrer mon ami. À la nuit suivante, son ombre monterait jusqu'à la Voie lactée et suivrait le chemin qui mène au Pays des Âmes. Elle se nourrirait des écorces avec lesquelles je l'avais enveloppé et emporterait les objets avec lesquels je l'enterrais...

Afin de ne pas abîmer sa coquille, je descendis avec Gabriel dans la fosse et pris soin de l'installer dans une position qui me paraissait idéale. Sur lui, je déposai ses derniers effets : le collier de Stella, son couteau, sa fronde improvisée et une des pierres qu'il avait ramassées. Je lui souhaitai bon voyage et remontai sur le bord du trou. Puis je repoussai toute la terre à l'intérieur jusqu'à ce que la tombe forme une petite butte. Au-dessus, je plaçai les autres pierres que j'avais trouvées dans ses poches, sauf une, que je gardai en souvenir et, épuisé, je m'endormis près de sa tombe.

Brutalement, j'eus la sensation qu'on me secouait les épaules. Je me levai en sursaut pour constater que le sifflement du train m'avait réveillé. Affolé, j'écarquillai les yeux dans la pénombre. Il était temps de quitter Gabriel...

30

Guidé par les appels de la locomotive, je dégringolai la pente en courant, dérapai et tombai plusieurs fois dans la boue avant d'apercevoir les rails. Je n'avais plus vu de train depuis que j'étais arrivé au pensionnat, soit six ans auparavant. Dans la lumière crépusculaire, c'était comme si je plongeais dans un rêve et retournais vers mon passé. Sauf que cette fois, c'était mon avenir qui se jouait là... L'œil jaune de la locomotive apparut dans le lointain. La grosse bête de métal serpentait bruyamment entre les arbres et elle ne m'attendrait pas ! Malgré mes semelles qui se collaient au sol boueux, malgré l'angoisse qui me serrait les entrailles, malgré mes muscles refroidis depuis quatre jours, j'usai de toutes mes dernières forces pour courir le plus vite possible.

Presque !

J'y suis presque !

Mais, arrivé à seulement quelques mètres du fameux virage que je visais, une voix grave et impérieuse m'interpella :

– BOUGE PAS, JONAS !

Je connaissais cette voix. Oui... je la connaissais par cœur ! Comment avait-il fait ? Comment était-ce possible ? Pourtant, ce n'était pas plus étonnant que ça... J'avais fait brûler un feu pendant quatre jours entiers. Pendant quatre jours entiers, j'avais précisément indiqué où j'étais...

Doucement, je saisis la poignée de mon fusil.

– N'Y PENSE MÊME PAS !

Je relâchai l'arme et me retournai lentement pour découvrir le visage fermé de Samson. Le bûcheron était debout face à moi, campé sur ses deux jambes, le canon de son fusil pointé pile au centre de ma poitrine. Sous ses iris aux couleurs de la forêt, une barbe de plusieurs jours me fit penser qu'il était dans les parages depuis aussi longtemps que moi. Mais alors, ces bruits de pas... Ces bruissements... Ce n'était ni le jumeau, ni l'ours, ni le wendigo...

– J'avoue que tu t'es bien battu, me dit-il de cette voix sans émotion qu'il avait l'habitude de prendre.

Le poids du fusil me brûlait l'épaule et les gouttes de sueur qui perlaient depuis un moment sur mes tempes me dégoulinaient dans le cou. Il n'y avait pas un souffle de vent et la lueur violacée du ciel semblait peser au-dessus de nos têtes. Sans détourner mon regard de celui de Samson, je visais toujours l'arrivée de la locomotive.

– Tu as quand même eu la folie d'en laisser un derrière toi... Sais-tu qu'il aurait pu t'abattre n'importe quand ? ajouta Samson.

Je ne répondis pas.

La seule chose qui comptait maintenant, c'était que la locomotive était presque là ! D'après mes calculs, elle allait passer devant moi moins d'une minute plus tard et, d'une manière ou d'une autre, je ne rentrerais pas au pensionnat avec mon contremaître.

Je caressai la pierre que j'avais glissée dans la poche de mon manteau.

Une nouvelle fois, Samson capta le mouvement de ma main.

Je vis son doigt se crisper sur la détente et j'eus peur que tout s'achève comme ça. Pourtant, il baissa son arme.

– Écoute-moi bien, Jonas. À l'heure qu'il est, Moras et Cilas sont blessés...

Cilas ?

– ... mais dès qu'ils iront mieux, tu peux être sûr qu'ils te traqueront comme une bête et jusqu'à leur dernier souffle ! Alors, si j'ai juste un dernier conseil à te donner...

La locomotive se mit à siffler plusieurs fois, comme pour nous prévenir.

– ... fais comme moi ! Pars ! Le plus loin possible, cache-toi au plus profond de la forêt ! me cria-t-il pour couvrir le bruit du train.

Cette fois, le passage du train était imminent. C'était maintenant ou jamais ! Je pris mon élan et piquai le plus grand sprint de toute ma vie.

Derrière moi, j'entendis Samson me hurler ceci :

– DIRE QU'ILS ONT VOULU TUER L'INDIEN DANS L'ENFANT ! ILS ONT VRAIMENT RATÉ LEUR COUP !

Alors que la locomotive abordait son virage en ralentissant, j'agrippai d'une main ferme la porte entrouverte d'un wagon de marchandises et me hissai à l'intérieur.

Debout sur le marchepied, je fixai mon regard sur Samson. Malgré le vrombissement des pistons, je l'entendis me hurler une dernière phrase :

– BONNE CHANCE, FISTON !

Au fur et à mesure que le train m'emportait, je sentais l'émotion me submerger, une gratitude sans borne pour le géant roux qui s'effaçait progressivement à l'horizon, bientôt aussi invisible que lorsqu'il m'avait permis d'enterrer Gabriel en tenant Cilas à distance...

DE LA FORÊT

Une fois encore, la forêt sentit la grosse machine de métal vrombir et secouer sa terre sur des kilomètres et des kilomètres. Le jeune homme, qui avait communié avec elle quatre nuits durant et qui avait partagé le sang de son repas avec elle, resta dans le ventre de fer pendant longtemps.

Lorsque enfin la grosse machine de métal s'arrêta, le jeune être humain en sortit et ses pas, doux et profonds, s'enfoncèrent dans le sol sans le heurter. Malgré sa grande tristesse et son épuisement, sa démarche était sûre. Il connaissait la forêt depuis si longtemps... Quant à elle, elle ne fit rien pour ralentir sa marche.

Au contraire même.

Elle le laissa se désaltérer à ses sources et prélever quelques-unes de ses bêtes pour se nourrir. Elle lui montra le chemin vers les baies mûrissantes et éloigna ses pas *de ceux de l'ours affamé. Mais ensuite, lorsque le jeune homme la quitta pour prendre un chemin de terre plus aride, elle ne se languit pas de son retour.*

32

Si j'avais écouté les conseils de Samson, je serais descendu à la prochaine ville et j'aurais pris le premier train qui descendait vers le sud. Là-bas, je connaissais les grandes forêts comme ma poche et j'aurais su m'y cacher... Cependant, j'avais d'autres projets en tête et ces projets nécessitaient de prendre ce train jusqu'à son terminus qui se situait au contraire, tout au nord.

Les grands pins qui tamisaient la lumière se muèrent bientôt en arbres nains, puis en buissons, et la chaleur du soleil tomba enfin sur mes épaules fatiguées. Jamais je n'aurais pensé que le soleil fût si haut et si chaud dans le Grand Nord et j'allais bientôt découvrir qu'il n'avait pas souvent envie de se coucher, du moins en été...

J'étais totalement épuisé lorsque je pénétrai dans la réserve. Cinq hommes étaient assis devant des maisons à l'aspect fragile, mais joliment colorées. Je tentai de m'adresser à eux dans ma langue d'origine. Les mots avaient du mal à sortir. Je sentais qu'ils existaient toujours au fond de moi, mais je devais aller les chercher si loin que je butais sur chacun d'eux. Intrigués, les hommes m'écoutaient baragouiner.

Au bout d'un moment, je les vis écarquiller les yeux et se mettre à rire gentiment. Néanmoins, l'un d'eux dut finir par saisir le nom que je répétais inlassablement, car il hocha la tête plusieurs fois et étendit son index vers l'extrémité de la longue route droite qui traversait la réserve. Après l'avoir remercié d'un large sourire, je me dirigeai d'un pas traînant jusqu'à la maison qu'il m'avait désignée.

Les derniers mètres furent les plus difficiles. Me sachant pratiquement arrivé, je sentais à quel point j'étais à bout de forces ! Ce fut tout de même d'un poing décidé que je cognai plusieurs fois sur la porte.

Quelques secondes plus tard, un homme aux tempes grisonnantes apparut sur le seuil.

En me voyant, il ne prononça pas un mot. Moi non plus.

Pendant un moment, il se contenta de m'observer en silence, comme s'il cherchait à voir sur mon visage celui de quelqu'un d'autre. Enfin, peut-être à cause de ce qu'il lut dans mon regard, mais plus sûrement grâce au collier en os que je portais autour de mon cou, il s'effaça pour me laisser entrer.

Une fois à l'intérieur, je lui posai la question que je me répétais dans ma langue natale depuis les deux dernières heures :

– Où est la chambre de Gabriel ?

En entendant le prénom de son fils, il acquiesça et me poussa doucement dans une pièce. La chambre sentait le propre et des draps frais étaient installés. Il avait dû la nettoyer de fond en comble en prévision du retour imminent de Gabriel... Le cœur lourd, je m'agenouillai par terre et donnai de petits coups secs sur le plancher pour décoller une des lattes. Toujours silencieux, son père m'observa plonger ma main dans le trou et en ressortir un objet.

Tu avais dit vrai, mon frère.

C'était une très belle pipe, visiblement ancienne, taillée dans de l'ivoire et minutieusement décorée. Les motifs représentaient un chasseur armé d'un arc et d'une flèche debout derrière un ours. La tenir dans ma main me fit frissonner d'émotion. Quant au père de Gabriel, il était totalement bouleversé.

– Votre fils a été... brave. Il m'a... sauvé la vie, finis-je par lui dire, aussi bien que je pouvais.

Mon langage était comme recouvert de poussière et le dialecte inuit n'était pas le même que le nôtre. Pourtant, j'avais envie de lui raconter tellement de choses...

Vous savez, votre fils m'a sauvé la vie...

En roulant, puis en marchant vers la réserve, j'ai longuement réfléchi à tout ce qui s'est passé et j'en suis arrivé à cette conclusion : à sa manière, Gabriel a lutté plus fort que nous tous réunis. En refusant tout apprentissage, en étant celui dont on ne voulait nulle part, il a accompli une révolte passive. Nous l'avons tous cru lâche, mais nous n'avions rien compris. Au fond, c'est lui et lui seul qui a répondu à la demande de Lucie d'éliminer celui qui la faisait souffrir au-delà du supportable. C'est lui qui a tué la Vipère...

Voilà tout ce que j'aurais voulu dire au père de mon ami, et bien d'autres choses encore. À la place, je me contentai de lui tendre la pipe. Les mains tremblantes, il la saisit pour la poser sur son cœur en fermant les yeux. Quelques minutes passèrent dans le silence, puis il me serra longuement dans ses bras. Ce simple geste me fit monter les larmes aux yeux. Au fond, cela faisait six ans que je n'avais pas reçu une simple accolade et cette soudaine chaleur humaine manqua pratiquement de me faire défaillir...

Le père de Gabriel me soutint avec force et m'entraîna vers la pièce principale de la maison. Il me fit asseoir à sa table, ouvrit un placard et décapsula une bière qu'il posa devant moi. Comme je n'y touchais pas, il finit par la saisir et l'avala tout entière, en une seule fois. Après ça, il ferma les yeux pendant un moment, puis les rouvrit et me fixa intensément, comme pour s'assurer que je n'étais pas son fils. Je détachai le collier que Gabriel avait récupéré dans la boîte de sœur Clotilde et le déposai délicatement sur la table, juste devant lui. Il le regarda longuement et posa sa main dessus. Puis, il le fit de nouveau glisser vers moi et, d'un signe de la tête, me demanda de le remettre à mon cou.

Après ça, il se releva pour me préparer une pleine assiette de poisson cru que je dévorai sans me faire prier. Il ajouta un morceau de pain bannock bien chaud sur le bord de l'assiette et s'assit de nouveau en face de moi pour me regarder manger.

Le pain était délicieux.

Les yeux du père de Gabriel ne pouvaient plus s'arrêter de couler.

Pourtant, il me souriait.

ÉPILOGUE

Durant les mois suivants, je me liai avec plusieurs personnes de la réserve et appris peu à peu la langue des Inuits. J'habitais chez le père de Gabriel. Je dormais dans la chambre de son fils et profitais de la radio qu'il lui avait achetée pour fêter son retour. À seize ans passés, je découvris le rock and roll. Comme Gabriel me l'avait prédit, j'aimais beaucoup cette musique. Il m'arrivait même de danser quand ils passaient ce morceau que j'aimais particulièrement : *Rock Around the Clock*. Ça faisait beaucoup rire le père de Gabriel, même si son rire se terminait toujours sur un regard rempli de mélancolie.

Bien sûr, il aurait voulu que ce soit son fils qui danse devant lui...

Durant les premiers temps, je craignais sans arrêt que la gendarmerie ne vienne me prendre. Il m'arrivait même de préparer mon sac en pleine nuit et de sortir de la maison pour m'en aller et m'enfoncer dans les bois, comme

Samson me l'avait suggéré. Mais, à chaque fois que je me retrouvais dans la rue, je regardais la maison et je réalisais que je ne voulais plus fuir.

Jamais.

En outre, je n'avais pas oublié ceux que j'avais laissés derrière moi. Morts ou vifs, je pensais à eux chaque jour qui passait. Là-bas, au pensionnat, il y avait toujours le petit Paul, mais aussi tous les autres, dont les numéros me revenaient souvent en tête. Je regrettais amèrement de ne pas leur avoir demandé leurs prénoms et de ne pouvoir me remémorer leurs visages qu'accolés à ces chiffres sinistres... Je m'en voulais de les avoir laissés tomber quand j'étais là-bas et je brûlais du désir de faire quelque chose pour les aider.

Mais je me sentais démuni.

D'abord, je m'étais enfui du pensionnat au moment où le prêtre était mort. Ensuite, j'avais poignardé un homme et j'avais envoyé une flèche dans le cou d'un deuxième. Évidemment, c'était de la légitime défense, mais je me demandais quelle aurait la valeur de ma parole de « sauvage » contre celle des « Blancs »...

Je commençai tout de même à rédiger une lettre dans laquelle je détaillai tous les sévices que nous avions subis làbas. J'y parlai de Lucie, de Séguin mais aussi des chasseurs et de la façon dont ils avaient tué Gabriel. Je pris soin d'inscrire tous les noms de nos bourreaux en lettres majuscules et les soulignai proprement, comme sœur Adélie me l'avait appris à coups de bâton derrière les oreilles. Cette rédaction me fit beaucoup de bien. Mais cela ne suffisait pas.

En en parlant autour de moi, je m'étais rendu compte que beaucoup d'autres avaient vécu des expériences similaires dans d'autres pensionnats pour « sauvages », et ma lettre se transforma peu à peu en déclaration de plainte collective. Pour finir, nous fûmes plusieurs à la porter à la police qui nous donna en échange une preuve de dépôt tamponnée par la gendarmerie royale du Canada...

Suite à cette déposition, une enquête fut ouverte et je finis par apprendre que Samson s'était évaporé dans la nature et qu'il était ainsi devenu le *suspect numéro un*. Quant aux sœurs, elles durent quitter le pensionnat et des professeurs laïcs furent engagés à leur place. Bien plus tard, je croisai sur ma route le petit Paul devenu grand et il m'apprit qu'après ces changements, le pensionnat était devenu à peu près « vivable »...

À plusieurs, nous avions réussi à soulever des montagnes.

Cette victoire aurait pu me suffire. Mais le père de Gabriel m'expliqua en détail comment la gendarmerie était venue un jour pour tuer tous les chiens du village. Je me rappelai que Gabriel en avait un jour parlé à Samson.

À l'époque, je n'avais pas compris à quel point ce geste les avait privés de subvenir dignement à leurs besoins.

La colère me reprit.

Mais elle n'était plus un frein, plutôt un moteur.

En conjuguant nos efforts, nous finîmes par acquérir un couple de chiens huskys qui donna naissance à plusieurs portées. Après la première chasse, une grande fête fut organisée et, pour la première fois depuis longtemps, je me sentis vraiment heureux...

À la fin du mois de mars, je préparai mon paquetage, remerciai et embrassai celui qui était presque devenu un père pour moi. Comme la neige était encore ferme et le temps au beau fixe, il me proposa de faire un bout de chemin avec moi en traîneau à chiens. Je refusai, préférant repartir comme j'étais venu, à pied. Un peu déçu et surtout attristé par mon départ, il insista pour me donner le transistor de Gabriel. Évidemment, je refusai ce cadeau hors de prix, mais il le glissa en secret dans mon sac.

Je pris la route le cœur léger.

Après une bonne journée de marche en raquettes, je m'enfonçai dans la forêt enneigée en chantonnant. L'écrin soyeux de la nuit m'y attendait mais, loin d'avoir peur, j'eus enfin le sentiment de retrouver mon chez-moi. Je levai les yeux vers le ciel qui perçait à travers les branches d'épinettes et y contemplai l'étoile qui, je l'espérais, guiderait mes pas jusqu'à ceux de Stella...

« *One, two, three o'clock, four o'clock rock*
Five, six, seven o'clock, eight o'clock rock
Nine, ten, eleven o'clock, twelve o'clock rock
We're gonna rock around the clock tonight.
Put your glad rags on and join me hon'
We'll have some fun when the clock strikes one.
We're gonna rock around the clock tonight
We're gonna rock, rock, rock, 'till broad daylight
We're gonna rock around the clock tonight. »

LIVRES PARCOURUS

Histoire des pensionnats indiens catholiques au Québec ; Henri Goulet ; Presses de l'université de Montréal ; 2016

On nous appelait les sauvages ; Dominique Rankin et Marie Josée Tardif ; éd. Le Jour ; 2012

Histoire et expériences des Métis et les pensionnats au Canada ; Larry N. Chartrand, Tricia E. Logan et Judy D. Daniels ; Collection recherche de la Fondation autochtone de guérison ; 2006

L'École des Premières Nations au Québec ; Aurélie Hot ; Cahiers Dialog n° 2010-01 ; éd. Réseau de recherche et de connaissances relatives aux peuples autochtones (DIALOG) et Institut national de la recherche scientifique (INRS) ; 2010

Les Algonquiens ; Sylvain Rivard et Nicole O'Bomsawin ; éd. Cornac ; 2012

Je suis une maudite sauvagesse ; An Antane Kapesh ; éd. des Femmes ; 1983

Les Indiens du Canada ; Sabine Hargous ; éd. Ramsay ; 1990

Guide total survie forêt ; Tim MacWelch ; Modus Vivendi ; 2017

SITES

Fondation autochtone de la guérison http://www.ahf.ca

Que sont les enfants devenus ? http://lesenfantsdevenus.ca/fr/

REMERCIEMENTS

Écrire un roman est une expérience solitaire, mais l'entreprise ne serait pas totalement réussie sans l'aide de tiers enthousiastes. Ainsi, je remercie chaleureusement Fred pour sa lecture éclairée et passionnée de mon scénario, Éric pour ses relectures, corrections et ses dessins des plans du pensionnat et des environs que je n'aurais su faire seule... Merci aussi à Léa et mam's pour leurs regards bienveillants sur mon travail et à Juliette et Leán pour leurs ultimes corrections de mon texte !

Je suis très reconnaissante à Soazig d'avoir cru en mon roman *Sept jours pour survivre* et de m'avoir permis d'entrer dans cette magnifique maison que sont les éditions Thierry Magnier. Enfin, je remercie vivement Charline qui a su finement m'indiquer où élaguer et enrichir mon texte pour le faire évoluer et le mener à son terme.

Cet ouvrage a été achevé d'imprimer sur Roto-Page en se souvenant
pour le compte des éditions Thierry Magnier
par l'Imprimerie Floch à Mayenne en mai 2018
Dépôt légal : août 2018
N° d'impression : 92719
Imprimé en France